Cuentos e historias de San Martín Jilotepeque

Fabián Armira

de esta edición:
2022, Editorial Testigo Ediciones.
Guatemala, Guatemala.
Teléfono: (+502) 5232 0174
Sitio web: testigoedicionesgt.blogspot.com
Correo electrónico: testigo.ediciones@gmail.com

ISBN: 978-9929-761-11-7

Primera edición

Diseño
Portada: Saúl Paniagua
Fotografías: Fabián Armira Car
Diagramado: Rodrigo Villalobos Fajardo

Edición
Rodrigo Villalobos Fajardo

Exordio
Rómulo Mar

A la memoria de mis padres Manuel y Felipa,
con mucho cariño.
A mis hermanos, principalmente Liliana
por darme su apoyo para seguir escribiendo.

A mi esposa por su apoyo y crítica de lo que escribo.
A mis hijos con todo mi amor.

A mis amigos por darme ánimos para continuar
y no darme por vencido.

A la editorial por haber hecho este sueño, una realidad.

El Tronchador

En la lejana década de los 40, había un niño llamado José, tenía 14 años y se dedicaba a viajar en compañía de varios comerciantes de San Martín Jilotepeque a la ciudad capital, recorrían kilómetros y kilómetros pasando por varios lugares, él lo iniciaba en el lugar llamado Puerta de los Pinos de la aldea Xesuj donde vivía, los demás lo iniciaban desde el pueblo. Lo fascinante e increíble es que lo hacían a pie, porque en ese entonces no había transporte como ahora. Salían a las 6 de la mañana recorriendo la ruta del Río Pixcayá, San Jacinto, San Juan Sacatepéquez, que era el lugar donde acampaban a las 18 horas de ese día, ahí preparaban sus alimentos para cenar y luego dormían para recuperar fuerzas por el largo camino recorrido. Tomaban descanso en la Municipalidad de San Juan Sacatepéquez, justo en sus corredores.

Al día siguiente, a eso de las 4 de la mañana, se levantaban y emprendían nuevamente el viaje, recorriendo una ruta, lo que hoy se conoce como Calzada San Juan llegando así al Guarda Viejo, así lo conocían antes, y luego llegaban a la Avenida Bolívar donde vendían sus productos ofreciéndolos de casa en casa.

En los descansos de la cena, después de haber vendido sus productos, todos se reunían alrededor de la fogata y contaban historias. Una de ellas es la del Tronchador de San Martín Jilotepeque.

Sucedió en un lugar por donde ellos caminaban en el recorrido de sus viajes, después de Puerta de los Pinos, en el paraje Chuchigchon, justo en una pendiente donde el camino acorta su anchura, teniendo solo un par de metros, y que está rodeado de barrancos en ambos lados.

Ahí, decían, aparecía un hombre vestido como los de la era primitiva, con un taparrabo enfrente de la pelvis que cubría sus partes íntimas, cruzando un sujetador del hombro derecho hasta la cintura, con lo que adhería el taparrabo. Se asemejaba a un lacandón y, los que lo habían visto, lo llamaban el Tronchador. Otras versiones decían que era un hombre con la columna tronchada y los pies de caballo.

Este hombre mataba a las personas quebrándoles la espalda y lo hacía cuando caminaban solas por ese lugar, por eso era recomendable andar en grupos.

Una vez un xoy (así se conoce a las personas originarias de Joyabaj) venía solo con su cargamento en la espalda, un cacaste, la cual era una especie de caja abierta de un lado, donde se almacena la mercadería; aquel hombre iba caminando cuando de pronto se le aparece el Tronchador, lo agarra a golpes y lo mata, su cuerpo desaparece y nunca más se supo de él. Además de este caso, se tenía conocimiento de algunos otros no menos interesantes.

Por eso, los xoyes tenían mucho miedo de caminar solos, al pasar por ese lugar, siempre lo hacían en grupos. Un día planificaron la forma de cómo librarse de este peligroso ente y trazaron un plan, el cual consistió en esto: mandaron a un solo xoy para que pasara por ese lugar y más atrás, discretamente y sin que nadie más se diera cuenta, vendría a cierta distancia un buen grupo armado con palos y machetes.

Así lo hicieron pues, mandaron a un xoy con su cacaste y un bastón para apoyarse, iba caminando cuando de pronto se le aparece el Tronchador, lo sujeta y lo empieza a golpear. Este xoy empezó a gritar fuertemente para pedir ayuda y sus compañeros, que se habían quedado detrás, al escuchar sus gritos, corrieron rápidamente en su auxilio. Cuando los vio el Tronchador, soltó al xoy y comenzó a correr, uno se le adelantó y le salió al frente, por lo que le dio un manotazo en la cara; luego otro le dio una patada en el trasero, otro más lo hizo en la entrepierna y gimió de dolor cayendo de rodillas cubriéndose esa parte para no sufrir más golpes. Esto fue aprovechado por otro, quien le dio otro manotazo en la cabeza, cayendo de bruces como un muñeco y, aunque trató de cubrirse la cabeza, los golpes continuaron hasta que perdió el conocimiento. Finalmente, por la cantidad de golpes, falleció ahí mismo, los atacantes desconcertados porque ya no respondía, se dieron cuenta que cumplieron con el objetivo de liberarse de esa amenaza.

Los xoyes estaban muy felices de que ya no correrían ese peligro en sus viajes, sin embargo, tenían la curiosidad de dónde se ocultaba, dónde vivía, cómo se alimentaba. Se dispusieron a investigar y rastrear los alrededores hasta que uno de ellos encontró una abertura cubierta de ramas de árboles secas en un paredón.

—¡Miren! —Dice señalando hacia la posición. —Aquí hay una entrada.

Los demás afirmaron y retiraron las ramas de árbol y, para su asombro, ante sus ojos aparece la entrada de una cueva. Adentrándose se percatan que aquello es como una puerta de dos metros de alto y una de ancho, su interior es grande, como de unos 15 metros de largo por 10 de ancho. Entraron cuidadosamente y descubrieron ahí varias cajas metálicas del tamaño de un ataúd; al abrir una de ellas, observan que al fondo tiene hielo como si fuera un frízer y se llenan de sorpresa al ver que debajo, casi al fondo, tiene guardado restos cortados en forma de mortadela. Según sus deducciones, todo es carne humana, probablemente de todas las personas que eran atacadas y desaparecidas por este misterioso personaje, quien luego de matarlas, las destazaba y conservaba en esas cajas para enviarlos posteriormente al extranjero, exportándolos. Aparentemente, por eso el Tronchador mataba para aprovechar esa carne humana para su negocio. Después de descubrir esto, decidieron cavar una fosa dentro de la cueva y enterrar todo lo encontrado, asimismo al Tronchador que ellos habían vapuleado, seguidamente sellaron la puerta de la cueva con piedras y palos.

Y así fue como terminó aquel peligro del Tronchador del camino de San Martín Jilotepeque a San Juan Sacatepéquez, la ruta de los comerciantes.

Encuentro con la Siguanaba

Sucedió hace muchos años, alrededor de 1950, me lo contó mi papá. Él tenía un amigo llamado Neftalí quien era muy joven, tenía aproximadamente unos 21 años por aquella época y le gustaba mucho frecuentar las tardes de los jueves y domingos con sus amigos que vivían en el pueblo. Esto lo hacía después de realizar las tareas del campo, donde Neftalí trabajaba de las 7 a las 16 horas; llegaba a su casa, se bañaba, se cambiaba de ropa y se marchaba con dirección al pueblo. Una noche como de costumbre, salió y estuvo mucho tiempo con sus amigos, disfrutando del final de la tarde e inicio de la noche, sin darse cuenta se le fue el tiempo, dieron las 11 de noche. Al percatarse de la hora, preocupado porque ya era tarde, se despidió de sus amigos.

—¡Es tarde, amigos! No me di cuenta de la hora y ya me tengo que marchar, nos vemos el domingo, como de costumbre.
—Está bien, Neftalí. Tené cuidado en tu camino y que te vaya muy bien. Descansá porque mañana te toca trabajar en el campo.

Con aquella respuesta colectiva dio las buenas noches y se fue. Caminó rápido por unos treinta minutos para su casa que estaba ubicado en la aldea Varituc, yendo por un solitario camino lleno de árboles a los alrededores y un cerro alto, el cual acostumbraba rodear. De pronto, se le apareció una hermosa y esbelta dama quien le habló.

—¡Hola, joven! Buenas noches, ¿por qué tan solo? Se lo van a robar.
—No, a mí nadie me roba.
—Bien, usted es muy apuesto y muchas jóvenes desearían robarlo. Mire, yo ando vendiendo atol, me gustaría que usted lo probara de esta jícara[1], está muy delicioso. Le gustará mucho. Yo lo preparé hoy en la tarde.
—Gracias, pero es muy tarde y tengo prisa de llegar a mi casa.

Neftalí observó detenidamente a la dama y pensó en las altas horas de la noche. Ninguna mujer andaría sola por aquí y mucho menos ofreciendo atol. Otra situación es que no le daba la cara. El pensamiento se adueñó de él: "esto no ha de ser gente, ha de ser cosa del mal o… ha de ser la Siguanaba". Mientras pensaba eso, se le acercó muy lentamente la mujer y él, como si aceptara la jícara, despacio coloca la mano izquierda en la cintura y disimuladamente se quita el ceñidor rojo que sujetaba el pantalón. Con habilidad, Neftalí formó una soga en una de las puntas y le dirigió la palabra.

—Ya lo pensé, seño. Le voy a aceptar el atol —le dijo mientras despacio se acercaba y, con un movimiento felino, con la otra mano le colocaba la soga en la cabeza y lo deslizó rápidamente al cuello.

La mujer al sentir la soga al cuello intentó salir corriendo,

1. Es una especia de taza sacada de una planta llamada morro, la cual secan y al final le abren un agujero en la parte de arriba.

pero él la sujetó fuertemente sin dejarla escapar. La entidad comenzó a gritar, insultándolo y lanzándole patadas. Neftalí se mantuvo firme sin soltarla y así dijo permanecer parado junto a la mujer por varias horas, hasta que dieron las 3 de la mañana. En eso, a lo lejos se escuchó el canto de un gallo y el joven sintió un jalón hacia abajo, la mujer se hundía como si fuese un pantano. Vio irse parte de sus extremidades inferiores hasta la rodilla. Luego cantó por segunda vez el gallo y se hundió hasta la cintura. Después, Neftalí oiría por tercera y última vez cantar al gallo, y la mujer desapareció completamente en la tierra.

Esperó que aclarara más la mañana y tomando su ceñidor rojo, Neftalí se lo colocó nuevamente en la cintura. Miró a todos lados del camino buscando algo, una rama, hojas de árbol o cualquier cosa. Se encontró un leño y lo usó como estaca, para dejar señal de dónde la mujer desapareció bajo tierra. Después de esto se marchó para la casa con bastante sueño por el desvelo. Llegando a la casa se dirigió a la bodega para traer piocha y pala. Desde el cuarto escuchó la voz de su mamá que le interrogó por llegar a esa hora, pues ya amanecía y estaba notablemente preocupada por no verle en toda la noche. Dejó claro que no se preocupara y que no pasó nada, pero que regresaría en un rato, después daría detalles.

Emprendió retorno al lugar donde le sucedió todo y afanosamente buscó la señal que había colocado. Comenzó a cavar y luego con la pala sacó la tierra por largo rato. De pronto, en el agujero, la piocha rebota y da con una piedra. En lugar de detenerse, recapacitó y continuó quitando toda la tierra sobre la piedra y a los lados para poderla sacar por completo. Ingeniosamente, con mucho trabajo lo logró y levantó cuidadosamente la piedra. Al ponerla a un lado, abrió desmesuradamente los ojos y se topó ahí con la jícara. La tomó con cuidado para ver qué contenía y se sorprendió al verla repleta de cabellos de mujer.

Pensó aletargado en qué habría pasado si se hubiera tomado ese atol que le ofrecía esta mujer. Tendría acaso todos eso cabellos en su estómago o algo peor. Satisfecho por su curiosidad, volvió a enterrar lo encontrado, colocaría otra vez la piedra en su lugar y empezó a rellenar el agujero cavado. Luego se regresó a su casa contando su aventura a la familia.

Desde entonces, Neftalí comenzó a regresar más temprano a su casa, ya no lo hacía tan tarde como hasta aquel entonces.

Encerrado bajo tierra

En una de las aldeas de San Martín Jilotepeque, hace unos 90 años hubo un hombre muy rico, dueño de una gran finca. En ella había cafetales, naranjales y otros árboles frutales. Todo lo había heredado de su padre. Aquel señor, de nombre José Ángel, tenía las mismas cualidades de su progenitor, pues era muy trabajador, pero con el transcurso de los años había incrementado también su producción de café, árboles frutales, siembra de milpa, frijol, ganado, aves de corral que luego vendía y demás pertenencias. Por eso había acumulado mucho dinero, joyas preciosas y otros objetos de valor. Sin embargo, a la par de sus cualidades tenía un gran defecto, era muy ambicioso y tacaño. Tanto así que un día pensó que toda esa fortuna alguien se la podría robar. Él sabía que todo lo que tenía le había costado tanto tiempo de trabajo invertido, así que maquinó una idea: contratar a un albañil para que construya un lugar donde pueda ocultar su fortuna, una bodega secreta.

Llamó a su amigo el albañil y le dijo que la próxima semana su familia se iría de viaje por un mes, entonces requería que aprovechara que ellos no estuvieran para que le cavara un agujero bajo el jardín, aquello debía estar a la par del cuarto principal donde él dormía junto a su esposa. La respuesta del albañil fue que estaba todo entendido y bien, así que desocuparía la otra semana para empezar con su encargo sin problema.

Llegó el día lunes de la semana acordada y el albañil se puso a cavar un agujero de un metro cuadrado por un metro de profundidad, no obstante, como le fue sugerido, en ese momento inició a agrandar el agujero, expandiéndolo al frente y a los lados. Un túnel rectangular tomaba forma, de dos metros y medio de profundidad por tres de ancho por cuatro de largo. En el costado superior derecho quedó el agujero de un metro cuadrado que era la entrada. Luego le colocaron una puerta de metal que quedaría escondida debajo de un maceta y así nadie la encontraría, solo José Ángel y el albañil sabrían de ella. En la entrada, hacia el fondo de la fosa, el albañil construyó unas gradas y en el costado izquierdo del fondo colocó un cofre de metal forrado por dentro con madera, era el lugar donde se almacenaría toda la fortuna del señor José Ángel para que nadie se lo pudiera robar. Solo habría dos llaves, una para él y otra para el albañil.

Al final, tras colocar el tesoro dentro, José Ángel le pagó por su trabajo al albañil, quedando los dos muy contentos.

Todos los domingos a eso de las 10 de la noche, después de cenar en compañía de su esposa y luego de dirigirse a la cama a descansar, él fingía dormir y esperaba a que su esposa hiciera lo mismo para vigilar su fortuna. Cuando esto sucedía, sin hacer ruido, muy despacio, tomaba una vela y abría la puerta muy lentamente para dirigirse al jardín; llegado a la entrada secreta, abría con cuidado y bajaba con la candela para alumbrarse, ya que en ese entonces no había energía eléctrica. Pero uno de esos días domingo, como de costumbre, bajó y dejó afuera el candado que aseguraba la argolla de la tapadera de metal de la puerta. La tapadera se quedó abierta como de costumbre, confiado de que nada pasaría. Bajó tranquilamente a su rutina de cada ocho días, a observar su tesoro, sin embargo, de pronto escuchó un ruido de aire afuera de la bodega y la corriente de viento llegó cerca de la entrada, situación que empujó la puerta y la cerró herméticamente. Asustado, José Ángel subió rápidamente a las gradas para empujar la puerta, pero no se abrió y quedó adentro atrapado. El pánico se apodera de José Ángel y no sabía qué hacer. Trató de calmarse, respiró profundo, cerró los ojos y empezó a pensar en posibles opciones para escapar. También pensó en gritar y así lo intentó inmediatamente pidiendo auxilio. Parecía que nadie lo escucharía.

—Estoy encerrado aquí, bajo la tierra de mi jardín. ¡Hay una puerta debajo de la maceta de geranio! ¡Ábranlo por favor, auxilio! Auxilio, por favor escúchenme —por espacio de una hora, gritó así continuamente, pero nadie lo escuchó, su voz se perdía ahí debajo.

Pensó en otras opciones, como tomar una roca y con ella golpear el cielo de la bóveda, pensaba que al final se desprendería el concreto de dos pulgadas de grosor y cavaría la tierra para salir, pero no había ninguna piedra en el lugar. Desilusionado desechó esa posibilidad. Pensó también en dirigirse a la caja donde guardaba su tesoro y encontrarse algo en forma de cincel que usaría para tratar de cavar el cielo de la bodega a la par de la puerta de entrada. Así lo hizo y subió las gradas para empezar a rayar un cuadro de medio metro, transcurridas unas tres horas nota que resulta imposible, ya que el albañil puso una capa gruesa de concreto a todas las paredes de la bodega. El trabajo realizado por aquel albañil resultó ser demasiado bueno. Triste y lamentándose porque resultaría imposible salir, condenado a morir de hambre, sed y soledad bajo tierra, se dejó caer lentamente en las gradas de la salida de aquella bodega. Exhausto por el esfuerzo, cabizbajo colocó las manos para cubrirse la cara, con los codos apoyados en las piernas. Miles de pensamientos le invadieron y permaneció sentado el resto de la noche sin conciliar el sueño por la preocupación.

Al pasar un día y otra noche completa, su esperanza de que, al no aparecer lo buscarían, por lo que el albañil se enteraría y llegaría a rescatarlo, pero no sucede así. Pasa otro día, presa del pánico y del hambre empieza a deprimirse, a veces lloraba amargamente sabiendo que era su final. Así es como pasa toda una semana, el hambre y la sed lo martirizan; para calmar la sed se mojaba los labios y tragaba su saliva, lamió el polvo de las paredes de la bodega que se convertía en lodo y lo degustaba para calmar su hambre, pero no era suficiente. También el estómago le quemaba, le hacía ruido continuamente por falta de alimento. El jugo gástrico caía para deshacer la comida, pero como no había nada fue perforando las paredes del estómago formando una úlcera. Su boca estaba completamente seca, ya no podía permanecer sentado, estaba acostado boca arriba y ya no tenía fuerzas. Sintió cómo la vista se le nublaba. Empezaba a ver alucinaciones y a desfallecer por el debilitamiento, pero de pronto reaccionó, decidiendo levantarse y apoyándose con las manos en el piso. Al incorporarse empezó a caminar arrastrando las piernas, se dirigió al cofre donde estaba su tesoro, lo observó y reflexionó sobre toda la vida invertida para reunirlo, pero que nada de eso servía. Pronto moriría junto a él, sin ningún beneficio que sacarle. Palpó la tapadera y el agarrador para abrir el cofre y con mucho esfuerzo vio dentro, dejando caer el otro extremo sostenido por las bisagras. José Ángel cayó por el esfuerzo sobre su tesoro, con los brazos abiertos en forma de cruz, inconscientemente movía la mano derecha y la coloca dentro del cofre, aun acariciando sus joyas que están cerca. Sus fuerzas lo abandonaron, parecía sentir un zumbido en la cabeza a falta de oxígeno y retiró la mano impotente.

Pasaron varios días, José Ángel ya no apareció, la familia preocupada lo empezó a buscar por todos lados- Preguntaron a los trabajadores del campo y a los encargados del ganado, nadie lo había visto. Subieron al pueblo a preguntar a sus amigos y tampoco daban razón de él. Hasta que al fin llegó la noticia a oídos del albañil, y pensó: "él debió quedarse encerrado en la bodega que construimos".

—Mirna, voy a visitar la hacienda de don José Ángel para saber que pasó ahí. Regreso en un rato —avisó a su mujer.

El albañil caminó unos minutos y llegó a la casa de José Ángel. La esposa, quien salió a recibirlo, le dio los buenos días, pero él notó de inmediato su preocupación mientras escuchaba que José Ángel, una noche de domingo hace un par de semanas se fue a acostar, pero sin aviso en la mañana ya no estaba a su lado. Era como si la tierra se lo hubiera tragado. El albañil le interrumpió, informándola a ella y sus hijos que creía saber dónde se hallaba. Se sinceró en ese momento, dando los detalles sobre la construcción de la bodega secreta debajo del jardín donde guardó sus tesoros. «Yo creo que él se quedó atrapado ahí y tal vez murió dentro», concluyó el albañil mientras salían al patio para ver si era cierto alzando una llave. Eran palpables los nervios de aquella esposa.

—¡Miren ahí está tirada la otra llave! Y la puerta está cerrada, él debe estar debajo —señaló el albañil.

Tomó entonces la llave colocada todavía en el candado y abrieron la puerta. En ese momento, se sintió un olor insoportable que salía de la bodega. Tapándose la nariz bajaron sosteniendo una candela. Lentamente recorren las escaleras hasta llegar al fondo y ahí estaba ante sus ojos. Era algo espeluznante, don José Ángel yacía sobre del cofre abrazando su tesoro, completamente lleno de gusanos.

La familia y el albañil salieron del agujero asustados, algunos llorando por lo que habían visto y la forma horrible en la que murió don José Ángel. Dieron parte a la policía y al Ministerio Público para que llegaran a levantar el cadáver y autorizar su sepultura. Aquel cadáver es enterrado cerca de la casa casi inmediatamente, por el estado de descomposición. No cabe duda que esto le ocurrió a Don José Ángel por su desmedida ambición.

San Martín

En la lejana década de los 40, durante el gobierno del doctor Juan José Arévalo, llegaron rumores a oídos de las personas que conformaban su gabinete acerca de un posible levantamiento armado en contra del régimen. Dicho levantamiento provendría aparentemente de parte de la corporación municipal de San Martín Jilotepeque.

Estos rumores no tenían fundamento alguno, pero por precaución el Organismo Ejecutivo tomó medidas pertinentes para averiguar si esto era cierto o no. El ministro de Gobernación se comunicó vía telefónica con el alto mando del ejército para que se coordinara y enviara una tropa de soldados a San Martín Jilotepeque. En corto tiempo ya estaban listos todos los preparativos, había tanques, metralletas y todo el armamento adecuado para el operativo.

Salieron del cuartel a las 7 de la noche, llegando al Trébol tomaron la Carretera Interamericana hasta el kilómetro 54 del departamento de Chimaltenango, para ahí dirigirse al municipio de San Martín Jilotepeque. Tenían planificado pasar por la aldea Los Planes y luego la finca El Rosario, llegando así a las 9:30 de la noche al lugar conocido como El Amate. Así fue, cuando de pronto y a lo lejos, como a unos veinte metros en medio de la carretera, vieron venir a un jinete, vestido a la usanza de las cruzadas, con capa color plateada y con fondo interno corinto, además portaba un casco con plumas al frente y adornos de terciopelo a los lados, su casaca era gris y el pantalón verde. Montaba un hermoso corcel color blanco y avanzaba con paso pausado, escuchándose el ruido de los cascos. Ya a una distancia de tres metros el caballo relinchó (hi, hi, hi, hi, hi). Al ser frenado para que no avance más, el jinete enfrente de la tropa preguntó quién era el encargado de la infantería.

—Soy yo —contesta el coronel al mando.
—Y, ¿a dónde se dirigen? —Indaga el enigmático jinete.
—Nosotros vamos al pueblo de San Martín Jilotepeque.
—Y, ¿para qué? —Continuó interrogando desde su caballo.
—Lo que pasa es que nos mandaron para frenar y disolver un levantamiento armado en contra de nuestro presidente.
—¡Qué raro! Que yo sepa no hay nada en el pueblo, regresen de donde vinieron. San Martín es un pueblo pacífico —contestó aquel jinete.
—No. —Dice el coronel. —Nos ordenaron verificar y continuaremos nuestro camino para cumplir las órdenes.
—Está bien, sigan, pero yo ya les advertí. Su viaje es por gusto.

No haciendo caso del aviso, aquellos soldados continuaron su camino. Llegando a San Martín a eso de las 10 de la noche, justo en la plaza del municipio. Miraron a todos lados, inspeccionaron hasta el edificio municipal que está al costado derecho, pero no hallan absolutamente nada. No ven nada sospechoso ni ningún preparativo de sublevación, todo estaba en completo silencio y todos durmiendo en sus casas.

Y estando ahí, de pronto, les llama la atención algo. Escucharon un gran bullicio en la cima del cerro conocido como El Reformador. Aparentemente había una gran multitud de personas haciendo un círculo y, se veía en el centro, caminando de un lado para otro a un jinete montado en corcel blanco. Parecía ser el mismo que se les había aparecido en El Amate. El coronel les dijo a sus subalternos que miraran hacia ahí, que era el mismo jinete que les habló en el camino, algunos afirmaron que posiblemente era él. Reflexionaron concluyendo que el coordinador de la rebelión era ese hombre y por eso no quería que llegaran ahí, a su pueblo.

—¡Les vamos a dar su merecido, preparen sus armas! Apunten desde aquí, los acabaremos.

Con todas las armas a distancia listas, el coronel grita: «¡Fuego!». Empezaron a disparar su artillería a la multitud, quienes comenzaron a caer uno a uno, pero no así el jinete que siguió dando vueltas y vueltas. Transcurridos veinte minutos concluyeron que con toda esa gente que se veía abatida, el jinete también lo estaba.

Un señor que vivía como a unos 700 metros cerca del cerro, contaba después que, las balas silbaban encima del techo de su casa y él, con mucho miedo, se metió debajo de la cama para protegerse. Los soldados esperaron por un tiempo y luego se oía cómo subían al cerro, para confirmar y ver a todos los muertos. Pero al llegar, su sorpresa fue grande, pues no había absolutamente nada. Ellos dispararon a una alucinación. Se quedaron con la boca abierta, no sabían qué ocurrió y aquello no tenía respuesta. Después de todo esto, el señor narró que se dirigieron a la casa del alcalde, pero el alcalde y su corporación municipal ya habían abandonado la edificación y está desocupada.

Algunos contaron que el alcalde y su comitiva había huido por un extravió, un camino por Pajón, luego Los Pinos, Pixcayá y salieron hasta San Juan Sacatepéquez, llegando así a la capital. Ellos, al estar en el Palacio Nacional, pidieron audiencia al presidente después de haber recorrido el largo camino a pie. El presidente los atendió y el alcalde se dirigió a él.

—Señor presidente, aquí le presentamos nuestro saludo y nuestros respetos. Nosotros fuimos ubiquistas y ahora somos arevalistas, vamos donde está la bandera –le dijo el alcalde.
—Ya veo. Muy bien, pues pasen adelante, son bienvenidos y les daré mi apoyo.
—Muchas gracias, señor presidente. Pero antes de todo queremos informarlo que, en el camino, antes de llegar al Palacio Nacional, en un lugar conocido como paraje Pajón, quemamos unas actas que nos pudieran comprometer.

Mientras tanto, en San Martín Jilotepeque, el ejército había llegado a la casa del alcalde y al ver que no había nadie, descargaron nuevamente sus armas, esta vez disparando continuamente sobre las paredes de aquella casa, dejando gran cantidad de agujeros en las paredes que eran de adobe.

Hecho esto, los soldados regresaron a la plaza del municipio y como para ese entonces eran las dos de la mañana, decidieron descansar en los corredores de la municipalidad y así emprender el retorno al día siguiente. Los hombres descansaron y les dieron así las siete de la mañana. Cuando abrió la iglesia, el coronel les dijo a tres soldados que estaban a su lado que le acompañaran a visitar la iglesia. Sus hombres, sin contradecirlo, acompañaron a su superior y entraron a la iglesia haciendo un reconocimiento del lugar y luego se quedaron realizando sus oraciones. Terminando se sentaron en las bancas, cuando uno de ellos se percata de algo inusual.

—Mire, mi coronel, ¿ya vio en el centro? Está el patrono del municipio. Mírelo, se parece al jinete que nos apareció en el camino y era el mismo que estaba en el cerro con la multitud.
—Sí, es cierto. —Dice el coronel —El parecido es idéntico... pero no puede ser.

Los invadió una sensación de pena y admiración, por lo que salieron de la iglesia muy pensativos. Llegando a la municipalidad, el coronel dio la orden de emprender el regreso. Así que estuvieron a medio día en la capital y luego entraron al Palacio Nacional, informado a sus superiores que no encontraron nada en San Martín y que todo eran rumores. Aquello lo hicieron sin tener idea que el alcalde había llegado antes y había aclarado las cosas.

El rey feo

Hace muchos años, durante la civilización maya, en el reino Kaqchikel, vivía un rey con su reina. Ellos teníán cinco años de casados y vivían tranquilamente la rutina diaria de su amor, pero había algo que les hacía falta para complementar su felicidad, la llegada de un hijo. Por mucho tiempo lo desearon, pero no les llegaba esa oportunidad.

Un día pasó un peregrino de otro reino y le mandó a decir al rey, por medio de sus leales criados que, si le hacia el favor de darle posada por esa noche, ya que había viajado de muy lejos y se le había hecho tarde, sin tener donde quedarse. Un criado accedió a decirle esto al rey, para ver qué contestaría. «Aquí voy a esperar», dijo aquel peregrino, mientras el criado se marchó y al cabo de unos minutos regresó con el visto bueno de su rey. Con gusto, el peregrino fue autorizado a quedarse y estuvo agradecido con aquel rey, maravillado por aquel buen corazón de estas personas. Le brindaron alojamiento en una de las habitaciones y abundante comida para que no pasara hambre.

Muy cómodo y feliz pasó la noche el peregrino, al día siguiente pidió una audiencia para hablar con el rey y así darle las gracias por todo lo que le había proporcionado. Le fue concedida la petición y cuando estuvo frente a la pareja real dialogaron.

—No tenga pena, buen hombre. Nos sentimos muy complacidos que usted haya pasado buenos momentos en una de las habitaciones de nuestro palacio.
—Sí, muchas gracias, su alteza. Y, como recompensa de lo que hicieron conmigo, le voy a conceder un deseo.

Los reyes al oír esto se pusieron muy contentos y le expresaron que lo que más deseaban era tener un hijo. El peregrino confirmó si de verdad eso es lo que deseaban, entonces su deseo estaría concedido. Dicho esto, se despidieron deseándose mucha prosperidad. Así el peregrino se marchó.

Transcurridos algunos meses, la reina resultó embarazada, así los días transcurrían muy felices para los reyes esperando la llegada del bebé. Una linda tarde de un mes de verano, nació un hermoso niño que sería el futuro rey, pero al nacer sus padres quedaron muy asombrados ya que el recién nacido era muy feo. Aquel heredero fue creciendo y hablaron a una persona de la confianza de la familia real para que se encargara de la educación del niño. Era una persona muy preparada y que llegaba todos los días después del mediodía; le impartía al niño aritmética, geografía, astronomía, pintura, canto y demás cosas. Aquel jovencito empezó a destacar en las artes, como la pintura y el canto.

Él fue creciendo hasta convertirse en un joven muy fuerte, ganando popularidad en todo el reino y muchas personas lo reconocían por sus talentos, no obstante, le mortificaba que las muchachas no le hicieran caso, siempre le esquivaban. Un día, con mucha preocupación por su falta de atención, le contó a un amigo cercano su situación para que le aconsejara qué podía hacer.

—Mira, yo te aprecio mucho, pero te voy a decir la verdad, aunque te duela. Mucha gente lo sabe, pero no te lo dice para no herir tus sentimientos. Ocurre que eres muy feo.
—¿Por qué no me lo habían dicho?
—Pues, seguramente, tenían pena de hacerlo. Sin embargo, para todo hay solución…
—¿Y cuál podría ser? —Lo cuestionó de nueva cuenta.
—Fíjate que yo conozco a una persona que fabrica máscaras y te podría hacer una.
—¿De verdad tú crees que esa pude ser la solución?
—¡Pues claro! —Dijo con entusiasmo aquel amigo cercano al heredero al trono. —Hagámoslo, mañana temprano iremos a visitarle al fabricante y le contaremos qué necesitamos.

Así, muy temprano, el futuro rey pasó a traer a su amigo y juntos llegaron a la casa del fabricante de máscaras. Tocaron a la puerta y cuando preguntaron al otro lado qué querían, aquel futuro rey le explica todos los detalles de la clase de máscara que necesita. «Muy bien, regresen en una semana, la tendré lista», fue la respuesta que recibieron los jóvenes antes de regresar a sus respectivas casas. Transcurridos los días, llegaron a traer la máscara y aquel joven se la probó, quedando fascinado con el trabajo que le hicieron. Muy contento por el resultado pagó sus honorarios al fabricante de máscaras.

Pasaron entonces varios meses y ahora sus admiradoras aumentaban más y más. Se hizo más popular, pero reconocía que ahora tenía un gran problema, se hizo de amoríos con dos muchachas a la vez y no sabía con quién quedarse definitivamente. Así que nuevamente recurrió con su amigo y le contó del problema. «Ah, esto está muy fácil, cita a cada una de ellas por separado y te presentas tal como eres. La que siga contigo sin importar como eres bajo la máscara será con la que debas quedarte», aquellas palabras fueron del agrado del joven y así juró hacerlo. Hizo las respectivas citas y llamó a la primera dama, aquella mujer al verlo tal como él es gritó aterrorizada, maldiciendo por haberla engañado. Se alejó sin mediar más palabras. Luego esperó a la otra mujer y al presentarse quitándose la máscara frente a ella, esta dama escuchó toda la historia sin enfadarse, le brindó detalles del deseo dado por un peregrino a sus padres y ella respondió que eso no le importaba, ella lo seguiría queriendo tal y como era su rostro. Entonces, se dio por enterado de la casualidad detrás, ella era la hija de aquel peregrino que le concedió el deseo a la familia real. Ella seguiría queriéndole tal cual y el joven prometió que se casarían para ser muy felices juntos. Olvidando así volver a usar la máscara.

Los tres caminos

En un hermoso bosque de San Martín Jilotepeque había una humilde casita habitada por una familia compuesta por cinco miembros, los dos padres y sus tres hijos, dos hombres y una mujer. Carlos, el más pequeño, muy inquieto y curioso, un día salió de la casa a caminar, tomó el lado Sur, con dirección a San Jacinto, caminó una distancia de 10 kilómetros, se alejó tanto que se sintió cansado y se sentó en una gran piedra que estaba en la orilla del camino. Ahí se puso a descansar y se quedó profundamente dormido teniendo un extraño sueño.

Soñó que continuaba caminando, cuando a lo lejos ve que, aunque al frente el sendero continuaba, ante su sorpresa se divide en tres. No sabe sobre cuál continuar, pero al final decide tomar el del centro, caminó entonces por espacio de un kilómetro cuando ve que enfrente hay un cerro, pero el sendero ahora continúa adentrándose por un túnel que lo atraviesa por debajo. Al inicio está completamente oscuro, sin embargo, conforme avanza a lo lejos ve una luz que viene de arriba, como si en el centro del cerro hubiera un agujero donde penetra la luz. Carlos avanza y la luz va haciéndose más intensa, ahí ve muy claramente que en un extremo hay una cripta donde hay muchos objetos de valor, como collares, brazaletes y monedas de oro.

«¡Qué maravilla! Qué grandes tesoros hay aquí, no hay nadie así que voy a tomar algo y lo llevare en la bolsa del pantalón», fue el pensamiento que lo atravesó. «Ya descubrí lo que hay aquí y voy a regresar, aunque esto parezca una tumba», reflexionó mientras un terror se adueñaba de él. Empezó a sentir miedo, imaginando que aquel sitio pudo haber sido de un importante personaje maya. Carlos regresó rápidamente al lugar donde se dividen los tres caminos.

«Bueno, ya vi uno. Ahora voy a investigar que hay en el lado izquierdo», así sus pasos lo llevaron a un sitio a unos dos kilómetros. Ahí ve una especie de safari donde hay muchos animales, como tigres, leones, monos y todo tipo de árboles. Pensó en no internarse porque son animales salvajes y lo podrían devorar. «Acá solo voy a cazar un loro que tengo enfrente», dijo decidido. Se acerca sigilosamente y en un movimiento felino lo atrapa, aquel loro empieza a gritar, pero le tapa el pico para callarlo. Así con ese logro decide regresar y llega nuevamente a los caminos encontrados.

Sin vacilar se encamina nuevamente a un par de kilómetros sobre el sendero de la derecha. Entonces Carlos vislumbra muchos terrenos llenos de hortalizas, frutas y gente trabajando. Se acerca lentamente y se pone a observar a uno de los costados que hay una pareja, él les dice que aquel es un bonito lugar, lleno de la siembra que poseen. Ellos le responden afirmativamente, dando detalles sobre la dedicación que ponen, con mucho a cariño a su trabajo y lo felices que vivían ahí. Carlos pasa de ellos y platica con otras personas que le cuentan lo mismo. Al final de su recorrido le regalan mangos, manzanas y bananos, él les da las gracias y emprende su retorno.

De pronto despierta y se percata que todo había sido un sueño, no obstante, lo curioso es que las joyas que el guardó en la bolsa del pantalón, mientras dormía profundamente, sí las tenía.

—O sea que yo me transporté por medio de un sueño a esos lugares…

Carlos entonces regresaría muy contento de camino a su casa. Al llegar, le contó de su aventura a su hermana quien, aunque preocupada, lo escuchó muy entusiasmada.

Las doce campanadas

En una casa muy humilde construida con lepas de madera y techo de paja, diseñada sencillamente, pero hermosa por lo limpia y ordenada que se mantenía, vivía una pareja de ancianos de avanzada edad con su nieta de diecisiete años. Los ancianos eran bien conocidos y apreciados por sus vecinos, porque eran muy trabajadores a pesar de la edad. Se dedicaban a la agricultura, tenían árboles frutales, hortalizas y aves de corral que comerciaban y que, con su venta, vivían cómodamente.

Así pasaban los días siendo muy felices, hasta que un día el señor enfermó gravemente. A pesar de que lo visitaron muchos doctores en su domicilio, el hombre murió y su velorio fue muy concurrido. Llegó mucha gente en aquella ocasión porque era un señor muy conocido y querido por su comunidad; las mismas personas acudieron al entierro, igual durante la novena. Al cabo de dos meses, la viuda cayó en una gran depresión por la tristeza de haber perdido a su amado esposo. La mujer dejó de comer y se fue debilitando, empezó a padecer de artritis y caminaba muy lento. Con el paso de los días cayó enferma y tuvo que guardar cama. La anciana ya no se alimentaba bien y ya no dormía como antes, su salud fue empeorando cada vez más hasta fallecer como su esposo.

Todas las personas lamentaban la partida de la doñita ya que también la querían como al esposo. Otra vez concurrió mucha gente al velorio y al entierro. Después hicieron la novena donde llegaron todos los vecinos, y esta vez la pobre jovencita se quedó sola en este mundo, sin sus abuelos y sin padres. Durante aquellos nueve días, la chica tuvo compañía de la gente, después soledad nada más.

Todo aquello sucedió entre los meses de febrero y marzo. Al transcurrir los siguientes meses, cerca de los días de Navidad, la jovencita pasaba muy triste recordando a sus abuelos. Ella casi ya no salía, solo hacía las tareas de la casa, comía y dormía. Ya no se le veía en las calles.

Finalmente, llegó el 24 de diciembre, era Nochebuena y las 23:30 horas, ella se dirigió a la sala a orar, dando gracias a Dios y pidiendo por el descansado eterno de sus abuelos. De pronto, entró el viento por la ventana y se apagó la vela que tenía en la mesa. A lo lejos, la chica escuchó una campana y en ese momento sintió un escalofrió en la espalda. Creyó también sentir la presencia de alguien, quizá una sombra parada detrás de ella. Hizo caso omiso de eso y continuó orando. Oyó un segundo repique de campanas y ahora sintió que ya no se trataba de una sombra, sino de dos. La muchacha se dio ánimos y continuó orando, mientras llegaba la tercera campanada. En ese momento escuchó una voz que le dijo: «Hija, continúa orando, no te asustes porque no te haremos daño, somos tus abuelos y nos veremos al concluir las doce campanadas».

—¿De veras? —Dijo emocionada estando atenta, pero cabizbaja. —¡Qué alegría, abuelitos! Esperaré la última campanada entonces.

Y conforme avanzaban los sonidos, las sombras iban aclarándose poco a poco. Por fin llegaron esas doce campanadas y la jovencita vio a sus abuelos. Por un instante, felizmente se abrazan y ella se puso a platicar sobre lo que había hecho en su ausencia. Vivieron así muy felices esos segundos que se volvieron minutos. Aunque, en realidad, fuera ese instante toda una vida en el más allá, porque la joven murió en paz y se reunió con sus abuelos.

Cuentan los vecinos que llegaron a visitar a aquella joven, como era costumbre, para llevarle unos tamales y ponche, porque extrañaban no verla durante todo el día y toda la noche. Cuál sería su sorpresa, al hallar en el interior de la casa a la joven que estaba acostada enfrente de su altar. Ella tenía un rostro alegre y que también irradiaba paz, se pusieron muy tristes por su prematura muerte en tan extrañas circunstancias.

El Sombrerón

Juan Pablo se levantó muy temprano, como todos los días, justo a las 5 de la mañana. Él preparó su desayuno y el almuerzo que llevaría para el trabajo. Al ver esto, su esposa se levantó también para ayudarle y así entre los dos terminar más rápido. Después desayunaron con tranquilidad y, al dar las 6:30, Juan Pablo se marchó despidiéndose de su esposa, con su morral al hombro, su machete y su hacha. Caminó a la orilla de una ancha carretera, por casi media hora, llegando finalmente a su destino.

El terreno donde Juan Pablo llegó era de su propiedad. A un costado había un barranco y en el centro un guayabal donde colocó el morral que llevaba su almuerzo.

Muy feliz, Juan Pablo se dirigió a la orilla del barranco, y se puso a observar el árbol que iba a cortar. Se trataba de un hermoso pino de unos veinte metros de alto y de medio metro de diámetro quizá. Se persignó e hizo una oración.

—Padre, en tus manos me encomiendo en este día para que me protejas de toda tentación y peligro...

Después empezó a cortar el árbol a unos 15 centímetros de la tierra donde emergía. Juan Pablo se colocó en el lado Norte del árbol y procedió a darle hachazos. Fueron cayendo las astillas, una por una, hasta llegar a la mitad de la corteza del árbol, viendo esto se pasó al otro lado del árbol, ahora en el lado Sur. Fue cortando así, cuando aquel pino comenzó a moverse lentamente, inclinándose al lado donde cortó primero, ya que el lado donde estaba ahora daba al precipicio del barranco. Entonces cortó otro poco y el árbol se fue inclinando más y más, hasta caer estrepitosamente, topando así con otro árbol, pero sin ocasionar daño alguno. En la caída, rebotaron las ramas y, tras unos segundos, finalmente quedaría estático marcando el Norte.

Ya el árbol caído, Juan Pablo empezaría a cortar trozos del tronco de casi medio metro de largo, acercándose a la parte de las ramas. Para ese entonces, el tiempo transcurre y le dan las doce del día, era entonces hora del almuerzo.

Nuestro leñador recogió ramas secas que encontraría tiradas de los árboles aledaños y los llevó al guayabal donde colocaría cual leña aquellas ramas. Primero una después otra, formando un triángulo, en medio colocó una raja de ocote y le prendió fuego con un fósforo. Pasaría así un cuarto de hora y los delgados leños iniciarían a quemarse, quedando así las brasas donde colocó sus tortillas para calentarlas. En ese momento apareció su cuñado quien resulta que estaba también trabajando cerca de su ubicación.

—Hola, Juan Pablo, ¿cómo estás?

—Ahí, terminado de juntar el fuego

—¿Me regalás un poco de brasas para calentar mis tortillas?

—Claro, con mucho gusto, Pedro. Si querés calentalas acá, no hay problema. De paso almorzamos juntos y me hacés compañía.

Los dos hombres almorzaron tranquilamente, platicando de varias cosas. Al final de la comida, Juan Pablo le indicó a su cuñado que necesitaba ir a hacer sus necesidades. Tendría que ir al monte y Pedro le sugirió ir donde estaba un pajal entre risas al ver que se retiraba Juan Pablo con urgencia. Al cabo de unos largos 20 minutos regresaba Juan Pablo, pero con cara de asustado y un temblor de manos.

—¿Qué te pasó? —Le dice Pedro.
—Ay, Pedro, vi algo que me asustó, ni me lo vas a creer.
—¿Ah, que viste?
—Fijate que, al regresar por ahí, donde está aquel árbol de encino, a la par hay un muro de metro y medio de alto y me pareció ver que, en esa pared, hay una pequeña cueva bastante estrecha... —se le entrecortaba la voz —en la entrada había un hombrecito con un gran sombrero que le cubría todo el rostro, parecía hasta llevar traje de mariachi, botitas vaqueras y una guitarra.
—¿Cómo así?
—Me miraba fijamente y con la otra mano me hacía señas de que me acercara a él. A mí me dio mucho miedo y por eso mejor vine corriendo.
—¿De veras no te lo imaginaste, Juan Pablo?
—No, para nada, todo es cierto.
—¿Por qué no lo vamos a buscar?

—¡No! Olvidate, Pedro. Yo ya no voy, tengo miedo de regresar ahí.
—Vamos, hombre. ¡No seas miedoso! —Le insistió el cuñado con incredulidad.

Juan Pablo terminó aceptando, pero no de muy buena gana. Al final, se fueron los dos caminando en dirección al muro que estaba a unos 100 metros. Al llegar se percataron del agujero y es Juan Pablo quien vislumbra una silueta en la entrada de la cueva.

—Ahí está, mirá. Me está llamando otra vez.
—¿Dónde? Yo solo veo la cueva, pero aparte de eso no hay otra cosa.
—Bien, ahí está, Pedro. ¿Cómo no lo mirás?
—Yo no veo nada, Juan Pablo —le explicó entre risas.
—¡Yo me regreso! —Dijo dando media vuelta y balbuceando. A lo que le siguió su cuñado no muy convencido de la situación.

Después de esto, Juan Pablo ya no quiso trabajar el resto de la tarde cortando las trozas del pino restantes. Solo se fue con Pedro a ayudarle en su trabajo, aunque más bien fue para verlo trabajar medio absorto. En realidad, no quería estar solo, por el miedo que sentía. Les dieron así las cuatro de la tarde y regresaron a sus casas sin mediar palabra alguna tras lo ocurrido.

Lugar encantado

Hay un pequeño cerro que, en su costado, tiene un camino bien transitado por las personas que viven a sus alrededores. En ese tramo del camino, a la mitad del cerro, hay un sitio donde suceden muchas cosas extrañas. Ese trayecto está rodeado de pinos y arbustos. En el extremo superior derecho del camino hay una zanja que, con el transcurso del tiempo y las correntadas de la época de lluvia, erosionaron el suelo, dejando la huella de la cuenca de ese improvisado riachuelo que llega hasta la carretera principal. Ahí solo corre el agua cuando llueve intensamente en invierno, regularmente se mantiene seco.

Un día del mes de noviembre, cuando el frío se empieza apoderar del ambiente anunciando las fiestas de fin de año, don Juan, con sus dos hijos, Anselmo y Rómulo, transportaban una camionada de maíz. Aquella era la cosecha de ese año, cultivado en otra aldea lejana. En la orilla de la carretera principal, cerca del cerro descrito, descargaban el camión colocando todas las mazorcas de maíz a la orilla de la carretera donde había un borde. Seguidamente, sobre una pequeña planicie, vaciaban todo el maíz que venía dentro, formando un montículo solo de mazorcas. Como no tenían caballos para trasladar el maíz a la casa, decidieron cargarlo con redes en la espalda en una especie de esfera como de un metro a la redonda, tejidos con pitas de maguey como si fuera cedazo. Llenaron las redes y se las colocaron a la espalda, con un lazo en el centro que la dividía en dos partes. A los extremos de las orillas del lazo se colocaron un mecapal en la cabeza. Toda la mañana se dedicaron a trasladar de esa forma su maíz hacia la casa.

Cuando dieron las doce del día y aquellos hombres realizaban ya el último viaje para luego almorzar, justo iban pasando por la pequeña cuenca del riachuelo, es decir, el lugar encantado. Entonces Juan escucha que, a Rómulo, quien venía atrás, se le cayeron unas mazorcas de su carga. Le dice a su hijo que debió amarrar bien la red para que no se le cayera el maíz y que debía tener un poquito más de cuidado. Al pedirle de favor que recogiera las mazorcas para volverlas a introducir en la carga, Rómulo le aseguró a su padre haber amarrado bien su carga y no haber dejado ninguna abertura.

—Pues nosotros oímos que se te cayeron. Recógelas o déjalas allí. No hay ningún problema.
—Bueno, —dijo Rómulo a regañadientes —las voy a levantar —dándose la media vuelta para hincarse y recoger el maíz. Sin embargo, con asombro no hay absolutamente nada. Ninguna mazorca en el suelo.
—Padre, aquí hoy hay nada tirado.
—¿Anselmo, tú escuchaste también?
—Claro que sí, pero no hay nada —señaló Anselmo detrás.
—¡Qué raro, pero si todos lo oímos!

Entonces les invadió un miedo terrible y caminaron más deprisa para la casa. Después se tomaron una hora de receso para almorzar sin romper el silencio. Con un poco de temor continuaron con su trabajo y ya sin oír nada raro.

También le sucedió algo similar a Narda. Ella era una joven enfermera y un día después de su turno en el hospital donde trabajaba, regresaba a eso de las 8 de la noche y justo pasó caminando tranquilamente por aquel sendero cuando, de pronto, en el lugar encantado, sintió que venía una persona detrás de ella. Aquella persona le dio alcance rápidamente y se colocó a su lado; era un hombre vestido completamente de negro, con sombrero del mismo color.

Narda caminó más rápido y aquel hombre también. En su interior, ella reflexionaba si acaso ese hombre no hablaba, por qué no pasaba o qué es lo que quería. Caminó con más velocidad aún y el hombre también hizo lo mismo. Ya presa del miedo, empezó a correr y así logra alejarse sin voltear atrás. Cuenta Narda que ella llegó a casa muerta del miedo y le dio todos los detalles a su mamá.

Coincidencia o no, se enteraría que, en ese mismo lugar, le sucedió algo parecido a su hermano también. Dicen que fue un día domingo, luego de salir con sus amigos. Después de pasear con ellos en el casco urbano, todos se dirigieron a una venta de comida donde degustaron tostadas y atol de elote. Luego de la convivencia, se despidió de sus amigos y caminó del centro a la casa. A eso de las 7 de la noche pasó por ese lugar y cuenta que venía pensando distraídamente en los momentos agradables que había pasado, cuando un grupo de murciélagos revolotearon a su alrededor. Dijo que habían querido morderlo, pero presa del pánico corrió desesperadamente para alejarse de ahí. Así lo contó a su madre al llegar a casa.

El ruido de las cadenas

Juan Pablo tenía un terreno a tres kilómetros de la casa donde vivían. Su papá se lo había heredado, era plano y rodeado de barrancos en el costado derecho, así como al frente. En la orilla, donde se sembraba la milpa, había una pequeña casita de techo de teja y cuatro parales de encino que la sostenían, era utilizada para protegerse de la lluvia, descansar y almorzar.

El terreno tenía cultivos de maíz y era sembrado durante mayo, en las primeras lluvias del invierno, y lo cuidaban con mucho esmero. Juan Pablo era quien lo limpiaba y abonaba para que crezca fuerte y produzca buenos elotes.

Un día del mes de noviembre, cuando las plantas de maíz ya estaban secas y listas para ser cosechadas, Juan Pablo vio el producto de su trabajo y tiempo, valoraba el resultado de su esfuerzo al notar cuánto crecieron las hermosas mazorcas. Ese día se había levantado muy temprano, desayunó y preparó tanto su almuerzo como la cena, porque había pensado dormir en el lugar de trabajo, justo en la casita que mencionamos anteriormente, para cuidar su maíz durante la noche.

Caminó un lapso de 40 minutos, llegando a eso de las 7 de la mañana al terreno. Colocó su bolsa en uno de los postes de la casita y se dirigió directo a la siembra de milpa para empezar a trabajar. Se paró en el inicio de un surco y se persignó antes de orar para ofrecerle su trabajo al Señor, y así recibir su bendición en el transcurso del día. Entonces inició su labor: corta una mazorca, le quita las tuzas, luego lo lanza a unos cinco metros, haciendo un montículo y repite; y así sucesivamente, hasta terminar un surco, luego otro. Transcurrida toda la mañana, hasta llegar el mediodía, decidió descansar para tomar sus sagrados alimentos. Se tomó media hora para almorzar y otra media hora para su siesta, posteriormente continuó su trabajo toda la tarde, hasta cerca de las 16 horas, momento en que se decide a trasladar todos los montículos de maíz por medio de un costal hasta la casita. En cuestión de dos horas logró acarrear todo lo recolectado. Ya siendo poco más de las 6 de la tarde, fue a circular con cañas de milpa la casita, hizo esto para protegerse en la noche del frío y de cualquier otra cosa, un ritual que le permitía dormir tranquilamente.

Ya cansado por todo lo realizado en el día y la tarde descansó un poco, juntó además su fuego para cenar. Después de comer plácidamente arregló un espacio a la par del maíz, donde colocó un petate, una almohada y dos sábanas. Juan Pablo entonces se acostó para reponer fuerzas para el siguiente día y repetir su esfuerzo. Su fuego se apagó y solo escuchaba el canto de los grillos, entre sombras veía las mazorcas de maíz al frente. Con las manos debajo de la cabeza y con la vista fija en el techo, se quedó meditando en todo lo realizado en el día, el cansancio lo vencería y quedaría profundamente dormido. Le pareció que el tiempo transcurría y llegada la una de la mañana despierta repentina y abruptamente. Escuchó ruidos a lo lejos, desde el camino, como si hubiera algo a unos veinte metros del lugar donde él estaba. Retuvo la respiración, agudizó sus oídos y percibe el ruido más claro, como si se tratara de pasos de muchas personas arrastrando una gran cadena en el suelo. Parecían acercarse lentamente por el camino que pasa a un lado donde él duerme. Le comienza a latir fuertemente el corazón, también estaba sudando frío y le invadió un miedo terrible que casi le paraliza. Se puso a rezar: «Padre nuestro, protégeme, líbrame de todo mal, no dejes que el mal llegue aquí... Santa María, líbrame de todo mal, ruega a Dios por mí». El ruido de las cadenas se aproximó más, pero al llegar cerca de la pared ya no se escuchó nada. No obstante, al cabo de un instante se oyó nuevamente que se alejaban siguiendo su ruta; muerto de miedo, Juan Pablo dijo ya no poder dormir el resto de la noche, la pasó en vela hasta el amanecer.

Al llegar los rayos del sol entre las montañas cercanas, él se sintió verdaderamente aliviado y alegre porque ya era de día y había pasado el peligro. A las 7 de mañana, llegó su cuñado para ayudarle a recolectar el maíz que aún le hacía falta.

Le preguntó cómo había pasado la noche. Juan Pablo no pudo mentir y se dispuso a contarle lo mal que la pasó con detalles de todo lo ocurrido en la noche. El cuñado le dijo: «Viste, yo te había contado, pero no me hiciste caso. Te había dicho que aquí espantaban y me lo habían contado otras personas también». Ya en compañía de su cuñado terminaron de tapiscar el terreno y al atardecer ya no se quedó. Ambos se fueron para sus casas respectivamente, esperando acarrear el maíz con los caballos de un amigo al día siguiente sin pensar más en aquellos ruidos de cadena.

El espíritu de la noche

Joaquín y su novia llevaban dos años de relación muy placentera, así que un día decidieron casarse para completar su felicidad. Transcurrido un año de vivir juntos, recibieron la noticia del embarazo y la espera de un bebé; los jóvenes esposos disfrutaron de esa grata noticia y se prepararon para recibir a su primogénito. Empezaron entonces a comprar cosas y ropita de bebé para cuando naciera.

Una noche, llegó Joaquín de regreso del trabajo, su esposa comenzó con los dolores del parto. Conforme avanzaron los minutos, se acrecentaban más y más los dolores.

—Joaquín, necesito que llames a la comadrona —le dice la esposa —porque ya no aguanto más. Creo que ya llegó la hora que nazca nuestro bebé.
—Mi amor, ahora me arreglo para ir a buscarla, ¿está bien? —Le dijo mientras preparaba un manojo de ocote y la encendía con fuego, parecía una antorcha. —Ya regreso.
—Muy bien, que Dios te acompañe —le respondió con evidente dolor.

Joaquín partió de inmediato para llegar a la casa de la comadrona que se encontraba como a dos kilómetros de su hogar. El joven esposo había salido justo a la mitad de la noche. A unos doscientos metros alcanzó a llegar al camino principal, era una noche completamente oscura. En eso, su antorcha se apagó como si alguien la hubiera soplado y escuchó un zumbido en los oídos, como si fuese el repicar de una campanita. Abrió desmesuradamente los ojos porque frente a él se materializaba una sombra, era un gran toro negro sentado en medio de la carretera. En ese momento él se dio cuenta que fue ese animal el responsable de apagar su antorcha.

Joaquín empezó a sudar frío y le temblaba todo el cuerpo. Sintió que las piernas le pesaban demasiado y no las podía levantar, se encontraba paralizado así que tragó saliva por el susto y ordenó sus pensamientos: "¿Qué será eso, Dios mío?". Empezó a orar y persignarse mientras el enorme animal daba una vuelta y caía en el costado derecho de la carretera. Vio, cómo al ser una pendiente pronunciada, la bestia se fue dando vueltas y vueltas por la bajada.

Joaquín, viendo entonces el camino libre, dio gracias a Dios y respiró profundo para tranquilizarse porque le sudaban las manos. Ya más calmado, continuó su camino en búsqueda de la comadrona. Estando a un kilómetro de su destino empezó a llover intensamente, mojándose completamente la ropa, el camino le pareció convertirse en río por las grandes correntadas de agua. Pero por fin llegó a la casa de la comadrona. Dio las buenas noches, sin embargo, nadie respondió, probablemente porque estaba ya muy avanzada la noche y todos se hallaban durmiendo. Determinado, insistió varias veces, hasta que al final obtuvo respuesta, encendieron un candil y lentamente abrieron la puerta.

—¿Quién es?

—Soy yo, Joaquín. ¿Se acuerda que la vez pasada yo le hablé para que me hiciera el favor de asistir con el nacimiento de nuestro bebé?... Ya llegó la hora y mi esposa empezó con las contracciones.
—¡Ay, Dios mío! ¡Mire cómo está el tiempo, joven!
—Sí, es cierto, pero necesitamos ir a la casa para cubrir esta emergencia, disculpe...
—Bueno, sin remedio vamos a ir...

Joaquín se sienta en el corredor de la casa para esperar, la comadrona mientras tanto se va a un cuarto para preparar las cosas que llevará para atender a la esposa. Ya lista con sus utensilios, emprenden juntos el camino a la casa y aunque todavía estaba lloviendo, pero no les importó. Con otro manojo de ocote ambos alumbraron el camino.

Tras una hora pudieron llegar a la casa de los jóvenes esposos. La comadrona atendió el parto con mucho esmero y al cabo de rato se escuchó el llanto de un niño, era un hermoso varoncito. Joaquín entró entonces a ver a su hijo. Muy emocionado lo cargó por primera vez.

Aquella linda experiencia junto a su bebé, le permitió a Joaquín olvidarse, a partir de entonces, del miedo que había vivido hace unos minutos buscando a la comadrona.

Los Pantaleones

Alrededor del año 1960, en el pueblo de San Martín Jilotepeque, en dos aldeas del municipio había dos personas con el mismo nombre y casi de la misma edad, para ese entonces de unos 45 años. Los dos se llamaban Pantaleón y resulta que eran muy amigos. La diferencia más notoria entre ambos, más allá de pertenecer a diferentes aldeas, era que uno se dedicaba a tocar la marimba y el otro era un agricultor comerciante.

El marimbista, todos los días jueves y sábado, se trasladaba al casco urbano para ensayar melodías con sus demás compañeros del grupo y así luego tocar en varios lugares cuando los contrataban. El otro Pantaleón, quien fuera comerciante, salía los martes y jueves a otros municipios para comerciar sus productos con sus clientes.

Un día hubo en que, el Pantaleón comerciante decidió hacer un largo viaje, diferente a su rutina de todas las semanas. Antes de emprender su viaje, el día domingo salió de la aldea para el pueblo siendo las 5 de la tarde y se encontró con su tocayo. Se saludaron y luego caminaron por las calles del pueblo platicando varias cosas. Posteriormente, se dirigieron a una venta de refacciones a tomarse un atol de elote y unas tostadas que vendían en la plaza, muy cerca de la fuente y la iglesia católica. Comiendo y compartiendo mientras degustaban el atol, el comerciante le contó al marimbista que saldría de viaje, específicamente a una feria, y que le traería varios recuerdos de su visita a ese lugar. «¿De veras, vos? ¡Qué dichoso! Vas a viajar lejos, pero siempre con cuidado, yo te aprecio mucho y no quiero que te pase nada malo», fueron las palabras del marimbista. Después de pagar la cuenta de lo consumido, se despidieron deseándose buena suerte mutuamente y que Dios les acompañase en el retorno a sus respectivas casas para descansar y reparar energías.

El lunes durante la madrugada, el Pantaleón comerciante salió de su casa para emprender su viaje programado. Caminó hasta el pueblo y tomó ahí un camión, porque en ese entonces no había buses extraurbanos. Llegando al departamento de Chimaltenango, tomaría otro camión para dirigirse hasta Escuintla, donde al entrar al municipio estaría instalada la feria del lugar, esa sería la ubicación donde él vendería sus productos.

Había transcurrido una semana, el lapso en que tenía que haber regresado según lo acordado aquel comerciante. A su vez, en esos días circuló una noticia en la prensa, además por la radio se dieron detalles de un accidente entre dos camiones que transportaban personas y donde hubo muchos muertos y heridos. En el listado de personas muertas resaltaba el nombre de un tal Pantaleón. Cuentan que Pantaleón, el marimbista, al enterarse de la triste noticia del accidente, se puso muy triste. No daba crédito a lo sucedido, recordando lo que platicaron y convivieron el domingo anterior a la partida de su tocayo. Por lo que aquel pensativo y acongojado marimbista se dirigió a la iglesia para pedir una misa por el alma de su querido amigo, presuntamente fallecido en el accidente.

Pasaron tres meses del suceso y Pantaleón, el marimbista, salió a realizar unos mandados al centro del pueblo. Cumplidas las 11 horas de aquel día domingo, resulta que el marimbista había caminado más de media hora, hasta llegar a un lugar donde la carretera tiene una pendiente y una pequeña curva, se trata de un camino que traspasaba por el medio de un cerro. Dijo que, de pronto, le pareció ver venir a lo lejos a una persona conocida. "Ese es mi amigo", pensó de inmediato, pero no podía ser aquel tocayo que había muerto hace meses. "¿Será posible o estoy equivocado?", reflexionaba mientras iban acercándose poco a poco. Ya estando casi frente a frente, le dirigió la palabra.

—¿Eres tú, Pantaleón? Es que estoy viendo visiones o estoy soñando... ¿Sos de esta vida o de la otra? Acaso estás vivo... —le pregunta el marimbista al presunto comerciante.

—Sí, estoy vivo, tocayo —dijo tranquilamente el aparecido.

—Pero si en las noticias publicaron que habías muerto, yo te mandé a hacer una misa para tu alma.

—Sí, bueno... gracias, supongo. Pero yo estoy vivo. Me enteré también del accidente y da la casualidad que había otro Pantaleón, solo que de plano era de Escuintla y nosotros somos de acá, de San Martín. ¿Rara casualidad no cree, tocayo?

—Bueno, que alegría que no fuera usted, compadre —dijo el marimbista mientras le regresaba el color al rostro. Los dos Pantaleones terminaron felices dando carcajadas tras la confusa y rara situación, regresando juntos al centro para celebrar el improvisado reencuentro.

Los zompopos

José, como todos los días, se levantó muy temprano para ir a trabajar al campo. Era día de sembrar la milpa porque era la época de lluvia, un mes de mayo. Llegada la mitad del día, juntó su fuego para calentar tortillas y almorzar. Cuando estaba almorzando, vio llegar a sus amigos Pedro y Pablo, ambos también estaban trabajando en los alrededores de donde se encontraba.

—Hola, José, ¿cómo estás? —Pedro fue el único en hablar mientras Pablo agitaba la mano acercándose detrás.
—Bien, gracias, aquí empezando el almuerzo.
—¡Qué bueno! —Esta vez fue Pablo el que, con cara ya de hambre, tomó la palabra— ¿No nos das fuego para calentar nuestras tortillas también?
—Claro que sí, no tengan pena. Así me hacen compañía y comemos juntos.
—Gracias, vos José, solo vamos a dejar nuestras bolsas a un lado y nos vamos a sentar con vos —le dijo Pedro.
—Yo me voy a adelantar, disculpen —dijo Pablo poniendo a calentar todas las tortillas en las brasas y así iniciaron la plática aquellos tres.

Ya estaban cómodos y masticando cuando, de pronto, pregunta Pablo a Pedro: «¿Y qué tal de zompopos?». Pedro despreocupado respondió que todo bien señalando hacia una esquina con tinajas, les explicó que había logrado recolectar en una de esas tinajas varios y estaba completamente llena. Comentó entre risas que se quedaría con la mitad de ella mientras vendía la otra. José los miraba de reojo un tanto apesadumbrado y no tardaron en dirigirle la misma interrogante aquellos dos.

—La verdad es que a mí me fue mal, muchá.
—¿Por qué? Contanos —le inquirió Pablo.
—A pues verán, la cosa está así. Es que yo me levanté muy temprano, como a eso de las tres de la mañana porque no he podido dormir bien desde que mi esposa ha estado roncando. Encendí el candil y me puse las botas plásticas, así me fui a traer leña detrás de la casa y junté fuego en la cocina para calentar una jarrilla de café. Tomando un vasito de café estaba cuando, con el ruido que yo hacía en la cocina, mi esposa despertó y desde la cama me dijo: «José, ¿qué hacés levantado? Es muy temprano todavía».
—Mejor le hubieras dicho la verdad —lo interrumpió Pedro, mientras se reía Pablo.
—Pues se puso a indagar que adónde iba a salir y le contesté que estaba por salir solo por unos zompopos. Entonces empezó a decirme que por qué motivo no le había contado anoche y así. Pero me le escapé sacando una tinaja plástica que estaba ahí en la cocina y una palangana, incluidos unos manojos de ocote. Ya con esa excusa me dejó salir de la casa, pero no sin antes preguntar si iba solo, en fin, le dije que sí y solo alcancé a oírla diciendo que me fuera con mucho cuidado como si no me supiera cuidar solo.
—Ah, sí pues —le interrumpió con risas Pedro.
—Miren, yo agarré mis cosas —prosiguió José, haciendo como si no había escuchado a Pedro— y también un machete y emprendí el camino. Caminé por una media

hora y, ese camino por dónde vinimos hoy, el que es muy inclinado y solo bajada, ahí llegando al final del cerro donde está el terreno de don Cecilio. Pues justo ahí es donde había un zompopero. Lo fui a ver y bien había unos cuantos, pero estaban muy flacos y eran pocos. Me decidí mejor en seguir adelante hasta al final de esta planicie, ahí donde estamos trabajando hoy, en el mero terreno de los Díaz. Llegando ahí como a unos cincuenta metros para estar donde quería yo sentí un ambiente tenso, muy extraño, un raro presentimiento. Primero sentí un escalofrío por toda la espalda y pensé qué habría por aquí.

—¡Ah, ya! No te vamos a creer eso así nada más —le replicó Pedro.

—Miren, talvez esa extraña sensación fuera porque pasó un coyote hacía un rato o algo así. Pero ya decidido recorrí el espacio que me faltaba y llegué con los zompopos, había grandes y gordos, hasta coloqué los manojos de ocote a los lados para que hubiera buena claridad. Me acomodé la tinaja, cerca me coloqué los guantes de lana y con la palangana que traje me dispuse a empezar. En eso vi algo asombroso y me quedé estático, fíjense. Porque ante mis sus ojos vi que los zompopos se movían de un lado a otro como que si hubiera algo debajo de ellos. Estuve viendo fijamente y observé que debajo de todos los animales había una enorme serpiente que estaba enroscada encima del zompopero, pero con todos los zompopos en su lomo. ¡Dios mío, muchá! Lleno de pánico dije que por baboso me quedaba ahí, así que mejor me regresé a casa, tomé la tinaja, el ocote y me volví corriendo por el gran susto que me llevé.

Entre las risas nerviosas y la curiosidad que mostraban Pedro y Pablo, José les explicó que en el retorno hacia su casa había muchas luces, de seguro eran varias personas en otros lados recolectando zompopos o recogiéndolos, pero lo que él quería era llegar a su casa para darle detalles a su esposa. Les contó también que la halló dormida, entonces dejó las cosas afuera y se volvió a acostar a la par teniendo el cuidado de no despertarla otra vez y haciendo caso omiso de los ronquidos de nuevo. Dijo que le fue imposible conciliar el sueño y nada más amaneció, se levantó de nueva cuenta para venir a trabajar.

—Cuanto sentimos lo que te pasó —dijo esta vez Pedro—, yo creo que tengo un poquito todavía, mirá. Como media libra en la casa también, te los voy a regalar para que degustes los zompopos este año —de inmediato José le dio las gracias y quedó de pasar a casa de Pedro después del trabajo.

—Y a ti, Pablo, ¿cómo te fue este año con los zompopos? —Le indagó José esta vez.

—Pues mirá, nosotros no planificamos nada en casa. Ya hace dos días decidí ir a ver el zompopero que estaba cerca del tanque de agua, donde lavan ropa las señoras. Lo hice después de llegar al nacimiento de agua, donde lo lleno como todas las mañanas.

—¿Es el nacimiento que está debajo de un árbol, a la par de la gran poza donde también lavan ropa? —Lo interrumpió Pedro.

—Sí, ese, ya eran las cinco o poco más de la mañana. Yo dejé la tinaja en un borde, a la par del nacimiento y decidí bajarme a ver el zompopero. Entonces caminé toda la vereda llena de árboles y justo donde empieza la siembra de milpa, ahí me paré para ver el lugar con los animalitos. Miren muchá, estaba oscuro todavía, había un poco de niebla también, pero levanté la vista y vi para el zanjón. Sin mentir, también vi algo llamativo, me pareció que ahí había un hombre parado que me observaba fija y amenazadoramente.

—¿Es en serio, Pablo? —Exclamó ya interesado y curioso José.

—Pues eso creo. A mí me dio mucho miedo, sentía un escalofrío por todo mi cuerpo. Talvez como el que comentaste vos antes, José. Me di la vuelta y me regresé corriendo. Yo hasta me tropecé y caí, pero me levanté rapidito para seguir corriendo por el camino donde había llegado, hasta ver la tinaja con agua que dejé y me fui para la casa.

—O sea que tampoco degustaste los zompopos, Pablo —le intuyó brevemente Pedro.

—Tuve suerte que una vecina le regaló media libra también a mi esposa y por eso comimos.

—Ah, qué bueno, pero vaya susto que nos hemos llevado este año por unos animalitos —dijo José.

—Buen provecho amigos, menos mal no les pasó nada esta vez, —interrumpió medio incrédulo aún Pedro— pero mejor durmamos unos quince minutos la siesta y después continuaremos con nuestro trabajo.

Así lo hicieron, después se fueron a trabajar cada quién por su lado y en la tarde regresaron a sus casas para descansar sin querer saber realmente nada más de los zompopos.

El interior del cerro

Pedro se levantó muy temprano, ese día. Se lavó la boca y la cara, luego se dirigió a la cocina para preparar su comida ya que tenía que ir al trabajar al campo y por eso necesitaba llevar su almuerzo también.

Su esposa sabía que iba a madrugar Pedro y por eso sabiendo que tenía que avanzar con la siembra, le había dejado algunas cosas ya listas. Entre ellas un morral con figuras de animales, pájaros y quetzales. Era uno de esos morrales típicos del lugar. Pedro puso el almuerzo dentro y se lo colocó en el hombro derecho, cruzándolo así sobre el pecho para que le cayera al lado posterior.

Luego se dirigió hasta la bodega donde estaban las herramientas, ahí tomó su machete y su azadón para marcharse. Le dijo adiós a su esposa, susurrándole que regresaría en la tarde mientras ella continuaba en la cama. Así se fue silbando muy alegremente Pedro.

De camino a su destino, Pedro salió desde la casa que estaba ubicada al pie de una pequeña colina, enfrente había muchos cafetales de su abuelo, pero se introdujo por un pequeño camino peatonal, llegando entonces a un cerro que debía circular a sus alrededores para salir a la carretera principal en unos veinte minutos, hasta dar con el terreno que usaba como lugar de labores. Él iba despacio disfrutando la caminata, solo en compañía de Sultán, su perro fiel.

Finalmente, al llegar a su lugar de trabajo, Pedro colocó su morral en un poste ubicado en una de las cuatro esquinas que sostenían el techo de la casita de teja, un sitio que él usaba para descansar y almorzar. Se asomó entonces al terreno que estaba a la par y se dispuso a trabajar: inició arrancando las cañas de milpa de la cosecha anterior y las dejaba a un lado, después con el azadón cavó agujeros de unos diez centímetros de fondo por unos veinte de ancho, colocando ahí cuatro granos de maíz y, posteriormente, les echó tierra, cubriéndolos; en seguida, a cada metro realizaba la misma operación y así sucesivamente, hasta completar un surco de unos veinticinco metros, posteriormente otro surco, así estuvo hasta el mediodía.

Llegadas las doce, juntó fuego con ramas secas de los árboles que crecen en los alrededores. Cuando ya tenía bastantes brasas calentó sus tortillas para almorzar y luego se durmió una media hora. A eso de la una de la tarde reanudó su trabajo hasta las cinco de la tarde. Al acabar, decidió limpiar su azadón con su machete y descansar otra media hora en la casita de teja. Todo iba con la normalidad de la jornada, hasta que emprendió el retorno para su casa. Sultán, quien estuvo de espectador en todo el día, ahora faltando un kilómetro para llegar, se le adelantó ladrando y agitando la cola hasta donde su vista se lo permitió, lo dejó solo, llegando antes a la casa seguramente. Pedro, mientras tanto, continuó su camino, pero al llegar cerca del cerro, algo le llama la atención. Nunca había reparado en ello antes. Enfrente había un paredón al inicio del cerro, también un portón de color negro. Pensó en lo raro de aquel avistamiento pues ese portón no estaba ahí antes. Se acercó para verlo mejor y palparlo con sus manos. Tras examinar aquella aparición, jaló para ver si estaba abierto y al confirmarlo se decidió a adentrarse sin medir consecuencias. Caminó unos diez metros hasta ver una gran claridad donde empezaba una gran planicie con muchos árboles y en la misma dirección al frente, le pareció que había otra puerta. Cegado por la curiosidad, Pedro continuó absorto para ver qué más había. Así llegó a otro portón, percatándose de que había también una persona al otro lado.

—Buenas tardes —dijo tímidamente Pedro.

—Buenas tardes —le contestan desde la penumbra—, ¿qué anda buscando por acá?

—Lo que pasa es que me llamó la atención el portón anterior y también este. No lo había visto antes.

—¿Así? Yo pensé que buscaba trabajo, porque si es así, también tenemos trabajo disponible.

—¿De verdad? ¿Qué clase de trabajo?

—Si usted quiere trabajar, solo entre. Más adelante hay personas trabajando y le pueden indicar con quien puede dirigirse y preguntar detalles.

—Muy bien, eso haré —así fue como el sujeto misterioso le abrió entonces desde dentro y Pedro se encaminó siguiéndolo por varios metros a oscuras hasta encontrarse con el encargado a quien señaló.

—Oiga, señor... ¿es cierto que aquí hay trabajo? —Le preguntó con desconfianza Pedro a ese raro sujeto en un área ya con más iluminación.

—Sí, así es, aquí tenemos trabajo, ¿querés trabajar? —La voz era sumamente extraña.

—Sí, eso busco... —fue lo que le contestó Pedro, como si estuviera olvidando que él venía de regreso de trabajar y que se dirigía a su casa para descansar.

—Bueno, mirá para el frente. Ahí hay un corral con cerdos y hay un encargado que necesita ayuda. Decile que yo te mando, yo soy el mero mero de todo aquí.

—Muy bien, yo haré lo que usted me diga, voy a ir con él —dijo un Pedro casi autónomo y sin determinación, mientras caminaba hasta el corral.

—Buenas tardes, señor. Me mandaron aquí para ayudarle —le dijo Pedro a la única persona que estaba ahí.

—¿De veras? Muy bien, continuá entonces con lo que estoy haciendo: colocá las canoas de los cerdos ya que voy a preparar más maíz.

—Sí, eso haré —de inmediato, Pedro comenzó a llenar las canoas que hacían falta. Luego soltó a los marranos para que fueran a comer donde estaban las canoas, todo eso lo hizo sin pensar demasiado en los motivos que lo movían a ello.

Así pasaron dos días, hasta que durante la tarde del tercer día Pedro, después de haber dado comida a los cerdos nuevamente, los llevaba al lugar donde dormirían, pero un cerdo se negó a caminar después de haber comido.

—¡Caminá, marrano! O te daré una patada... —eso le gritó Pedro al animal, pero el cerdo no caminó, por lo que bastante enojado le soltó una patada. En eso Pedro escuchó una voz.

—Compadre, ¿por qué es tan malo? ¿Por qué me pega? Sus caites duelen mucho —a lo que Pedro reaccionó desconcertado, mirando a todos lados.
—No se asuste, compadre. Soy yo, el cerdo al que usted está pateando.
—¿Un cerdo que habla? No puede ser.
—Sí, así es, pero no se asuste —estupefacto y asombrado Pedro solo alcanza a sentir que debe cumplir con su labor.
—Colaborá y así ya no te pegaré más... —fueron las únicas palabras que salieron de su boca, sin poder entender bien la situación todavía.
—Bueno... —fue la única respuesta del cerdo, el cual caminó dócilmente hasta el corral.

Al día siguiente les dio comida nuevamente y Pedro sintió que el mismo cerdo de la tarde anterior se le quedaba viendo, como buscándolo con la vista para conversar.

—Ay, compadre. Yo ya me cansé de comer solo maíz y estar encerrado —le dijo el cerdo al tener su atención.
—Pero... ¿por qué estás aquí? ¿Por qué estás convertido en cerdo?
—Mire pues, compadre. Si usted supiera... yo en la otra vida me porté muy mal y aquí lo estoy pagando.
—¿O sea que usted está muerto, compadre? —se sintió en confianza de tratar con el animal al ver la pena en sus ojos.
—Sí, así es. Pero aquí estoy convertido en cerdo. Creo que tuve que portarme bien para no parar acá. Ahora ya no se puede hacer nada, es tarde y me tengo que conformar. Esto es el puro infierno —esas palabras despertaron inquietamente la consciencia de Pedro.

—¡Ay, Dios mío! Ya no quiero estar más aquí, voy a hablar con el encargado y cuando me vaya voy a despedirme de usted.
—Está bien, compadre. Muchas gracias por escucharme.

Pedro salió a toda prisa de los corrales y se dirigió a buscar al encargado. Para ese entonces, intuyó que ya era medio día. Al final dio con aquel extraño sujeto.

—Buenas tardes, jefe. Disculpe la interrupción, pero lo andaba buscado.
—¿Así? ¿En qué te puedo servir?
—Ay, jefe. Mire yo le quería decir que ya no quiero seguir aquí, me quiero ir.
—¿Y eso por qué?
—Lo que pasa es que yo le prometí a mi familia que volvería pronto y por eso me quiero ir, patrón.
—Bueno pues, está bien, no hay problema. Es tu decisión, te puedes marchar. Pero antes quiero que me hagás un favor: ve a traer leña, y luego haremos una fogata, mataremos un cerdo y luego lo cocinaremos para comérnoslo como despedida antes de irte.
—Muy bien jefe, así lo voy a hacer, con mucho gusto —dijo como sintiendo que se le iba la voluntad de llevarle la contraria.

Pedro vio un montículo de leña a un costado, pero cuando se acercó se dio cuenta que no era leña, sino un montón de huesos humanos. Había un fémur, una tibia e incluso trozos de brazos y antebrazos descomponiéndose. Muy asustado regresó de inmediato y le dijo al encargado de aquello. «Pues eso que viste es la leña que nosotros utilizamos aquí», fue la respuesta que obtuvo. Pedro insistía explicando que aquellos eran solo huesos, sin embargo, sentía que aún no tenía plena consciencia de lo que hacía y además le parecía que el encargado solo se estaba burlando de él. Insistió en buscar entre los árboles la verdadera leña y se dirigió hacia ellos ante la mirada del encargado.

Cortó entonces las ramas secas y cuando ya tuvo una buena cantidad los llevó con su jefe. «Mire, aquí está la leña suficiente para la fogata», dijo ante la sonrisa burlona del encargado. Aquel hombre le dio el visto bueno y le mandó a matar al cerdo más gordo y hermoso para luego prepararlo para comer como almuerzo. A su vez, el hombre le señaló a Pedro la bodega donde encontraría un hacha. También le explicó a detalle cómo darle un solo golpe letal en la cabeza al animal. Sin poder objetar la instrucción, Pedro se dirigió a la bodega y halló el hacha. Ya iba camino al corral para escoger al cerdo, notando al más indicado. Lo sacó fuera del corral, solo amarrado con un lazo en el cuello y llevándolo al matadero. Luego se dispuso a asestarle el golpe en la cabeza.

—¡Alto, un momento! ¡Deténgase, no lo haga, compadre! ¿Por qué me quiere matar? Yo no le hecho nada malo.
—¡Dios mío! ¿Qué es esto? ¿Qué estoy haciendo? —Pedro salió del trance oyendo la voz tan característica de aquel animal, distinta del otro cerdo—. Este también habla. ¿Qué voy a hacer ahora?

—Compadre, mire, quédese tranquilo. Yo sé que así es aquí. Yo fui malo, igual que todos los que estamos ahora en este corral que usted ha cuidado, pero ahora estoy aquí pagando mis faltas convertido en cerdo.
—¿Y ahora qué hago?
—Decile a tu jefe que no tenés el valor suficiente para matar cerdos y que estás lleno de miedo, porque nunca los has hecho antes.
—¿Creés que sirva?
—Ojalá. Ah y otra cosa, como aquí es el infierno, cuando te vayás a ir, sacá tres almas de aquí para que escapen con vos.
—Pero ¡cómo le hago!
—Bueno, te voy a explicar. Cuando el jefe te diga que va a pagarte dile que no quieres dinero, sino solo tres ladrillos y que con eso te conformás. Que esa sea tu paga.
—Está bien, así lo voy a hacer.

Pedro entonces regresa con su jefe y le explica que, en realidad, nunca ha matado cerdos y le falta valor para matar animales pues le dan mucha lástima. «¡Vaya qué cobarde resultaste! Ni modo qué podemos hacer», Pedro sabía que había algo siniestro en sus palabras.

—Mejor déjeme ir sin almuerzo, patrón.
—Pero si ahora ya no te podés ir, ya es muy tarde. Te tienes que quedar —la influencia de sus palabras le convencieron.
—Sí, es cierto, me voy a quedar y mañana me iré.

En toda la noche, Pedro no pudo dormir pensando en todo lo sucedido. Al llegar la luz del amanecer, Pedro sintió que recuperaba casi total conciencia de lo que estaba pasando, así que va a despedirse de su jefe.

—Buenos días, jefe. Ya amaneció y hoy si me tengo que ir.
—Muy bien, pues te voy a pagar los días que estuviste aquí.
—No, para nada. No se preocupe yo no quiero nada de dinero.
—Pero... ¿cómo va a ser eso? Trabajaste y te tengo que pagar, insisto —Pedro descubría el sarcasmo detrás de las palabras del sujeto.
—Bueno, entonces si es así lo que yo quiero son solo esos tres ladrillos que veo por allá. Me los quiero llevar como recuerdo y como paga de mis días de trabajo con los animales.
—Pero si esos ladrillos no valen nada, ¿de qué te van a servir?
—Sí, yo sé que no valen mucho, pero yo los quiero, así como le dije, de recuerdo.
—Bueno, tómalos pues y llévatelos...
—Gracias, jefe. Fue muy amable por darme el trabajo. Solo voy a regresar al corral de cerdos que se me olvidó algo.
—Que te vaya bien pues...

Así regresó Pedro al corral de cerdos y se despidió de aquellos compadres. Aquellos animales le dieron las gracias por los cuidados que recibieron de él y le recordaron lo importante que era portarse bien allá afuera para que no parara como ellos. Después, tomó tres ladrillos que había pedido y los colocó en su morral, caminando lentamente y cruzando el primer portón. Sintió más ligereza en sus pies y llegando al segundo portón percibió que recobraba la libertad. Suspiró al dar un par de pasos fuera de ese lugar extraño. Entonces sacó los tres ladrillos de su bolsa y los colocó en la tierra. En ese momento los ladrillos se transformaron en unas gotas, quizá eran almas como bien le habían dicho. Salieron volando y se perdieron en lo alto, pero inexplicablemente le pareció escuchar agradecimientos por haberlas sacado el infierno. Después de eso emprendió el retorno a la casa. Cuando lo vio llegar su esposa, gritó asustada.

—¡Dios santo! Pero... ¿qué es lo que estoy viendo? Hijos vengan, apareció su padre —efectivamente, sus hijos corrieron a abrazarlo y la esposa seguía incrédula—, no puede ser, pero... ¿qué fue lo que te pasó? ¿Qué fue de ti durante estos cinco años?

—¿Cinco años? —dijo Pedro, incrédulo.

—Sí, amor. Cinco años desapareciste y no supimos nada de ti. Te fuimos a buscar en la siembra de milpa y nada de rastro, solo el perro llegó el día que te marchaste y fue cómo si la tierra te hubiera tragado.

—Cinco años, imposible... si yo solo me ausenté cinco días. Y aquí estoy nuevamente...

—Hay que celebrar tu regreso.

—Vengan, vamos almorzar que les voy a contar de las aventuras que viví durante estos días... bueno, aunque ustedes dicen que fueron años. ¡No sé cómo sucedió eso, pero que importa! Aquí estoy, familia.

Encuentro de un tesoro

José y Josefa tenían su casa en lo alto de una cumbre, a los alrededores había una gran planicie de unas dos manzanas de extensión. El lugar era conocido como San Nicolás y estaba situado a orillas del casco urbano de San Martín Jilotepeque, al lado derecho estaba el camino que conducía al balneario conocido como Ojo de Agua.

José se dedicaba a los trabajos del campo y Josefa a los quehaceres de la casa. Un día como otros, se levantaron muy temprano. Después del desayuno, José se marchó al campo con su morral al hombro. Tenía que cortar un árbol que estaba en los límites de su propiedad, a unos tres kilómetros de la casa. Pensó en hacer leña y luego venderla para comprar las cosas que necesitaban en su hogar. Josefa, en tanto, se quedó aquella mañana en la casa. Ella terminó de hacer la limpieza y luego se dirigió a su cuarto para traer un telar artesanal, en el que tenía gran cantidad de hilos de varios colores. En los días anteriores había iniciado a tejer un güipil y este telar tenía dos bolillos de madera a dos metros del extremo superior y del extremo inferior. Su estructura dejaba ver que, en el medio, tenía enormes cantidades de hilos con varias reglas conocidas como espadas. En su parte superior tenía un lazo en forma de "V" invertida y cada punta era amarrada al bolillo superior. Había otro lazo en cada punta que se sujetaba a un poste del corredor conocido como pilar y, en el extremo inferior del bolillo, estaba sujetado un mecapal que doña Josefa se colocaba en la cintura mientras permanecía hincada en un petate. Lo estiraba para que quedara un poco apretado y así poder trabajar; ella colocaba un hilo en el palo pequeño y lo introducía entre los hilos para luego, con la espada de cinco centímetros, y las manos a los extremos, jalar para dejar aprisionado el hilo anterior. Formaba figuras, regularmente letras, flores y pájaros.

Así pasó la mañana hasta que llegó el medio día, entonces desató el mecapal de su cintura y dejó a un lado el telar para preparar su almuerzo. Después de almorzar se dispuso a continuar tejiendo hasta que dieron las cinco de la tarde, hora en que recogió su pequeño telar y lo guardó cuidadosamente en el cuarto contiguo al dormitorio. Era un sitio especial de dónde lo sacaba para la siguiente mañana. Josefa se dispuso a traer agua, para ello fue a traer a la cocina una tinaja de barro. También se dirigió al cuarto para traer su delantal, ya que le serviría para hacerle unos dobleces hasta formar una tira y luego ponerla en corona para colocarse en la cabeza la tinaja cuando estuviera llena de agua. Un ritual que repetía cada tarde para que no le lastimara la cabeza el peso y el barro.

Después de equiparse, Josefa se dirigió felizmente al camino que iba con dirección al ojo de agua. Caminó como unos cuatrocientos metros y al llegar al nacimiento de agua que se ubicaba a la orilla de la carretera, en un paredón del lado izquierdo, halló este nacimiento cubierto con cemento. Tenía la forma de una caja de metro y medio de largo por uno de alto y quizá unos cincuenta centímetros de fondo interior. Estos nacimientos eran conocidos en esa época como toritos. Abajo, justo en el fondo izquierdo en una esquina, había algo similar a una abertura cubierta de piedra, de donde brota el agua cristalina. Josefa se sentó a un lado y colocó la tinaja dentro, mientras con una palangana empezó a llenar su tinaja. De pronto, cerca del agujero donde nace el agua, ella vio a un cangrejo caminando dentro de las piedras, pero lo curioso es que el cangrejo llevaba algo que simulaba ser una cajita en la espalda, haciendo movimientos como si quisiera dejar caer la cajita en algún lugar específico. Josefa pensó rápidamente y colocó su delantal delante del cangrejo, a lo que dicho animal, en un movimiento dejó caer la cajita en la tela del delantal y se retiró por el agujero donde le vio salir. Josefa terminó de llenar su tinaja, tomando con cuidado el delantal, pues ahí envolvió bien la cajita y se colocó la tinaja sobre la cabeza, pero sin el yagual. No pensó demasiado en la incomodidad de que la tinaja le lastimara la cabeza, sino que emocionada por el obsequio del cangrejo emprendió el regreso a casa.

Cuando Josefa llegó, ya estaba oscureciendo. Don José ya se encontraba en la casa, había regresado del trabajo y estaba descansando en uno de los cuartos, sentado en una silla.

—Hola, José. Qué bien que ya viniste —dijo Josefa.
—Pues ya hace un rato que estoy aquí descansado y, ¿tú a dónde fuiste?
—Fui a traer agua al nacimiento. Pero mirá, haceme un favor, José.
—Sí, decime qué es...

—Desocúpame el cofre de ropa que tenemos en el otro cuarto y colócala toda en una bolsa.
—Y… ¿eso para qué?
—Solo haceme ese favor, después yo te cuento. Mientras yo voy a ir a llenar la tinajera con el agua que traje.

Don José se dirigió al cuarto con incertidumbre, pero se encontró el cofre y se puso a sacar la ropa, como Josefa le había indicado. Al rato llegó ella y entre los dos terminaron de desocupar el cofre. Era una armazón que consistía en una caja rectangular de metro y medio de largo por unos cuarenta centímetros del alto y tal vez unos cincuenta de ancho, también poseía cuatro patas de madera de medio metro de alto. Al terminar de desocuparlo, doña Josefa colocó dentro el delantal con mucho cuidado y dejó caer la cajita. Procedió a cerrar la tapa del cofre, a lo que don José preguntó nuevamente de qué se trataba eso y ella quedó de contarle después.

Fueron a cenar y después a acostarse llegadas las diez de la noche. Entonces doña Josefa parecía no poder conciliar el sueño por estar pendiente de lo que había en el cofre, escuchaba también como don José, al pasar unos quince minutos, cambió las ansias por un profundo sueño. Al llegar la media noche, doña Josefa escuchó ruidos extraños provenientes del interior del cofre. Aquello era como si el cofre se estuviera llenado de piedras o estuviera a punto de desclavarse por dentro. José despertó y le preguntó por los ruidos. Se decidían si ir acompañados a ver qué ocurría, mientras escuchaban el movimiento. Dieron atención al tipo de sacudidas que provenían del cofre y encendieron un candil. Se dirigieron al cuarto despacio, con un poco de temor; ya cerca y con mucho cuidado, fue Josefa quien tomó el candil con una sola mano, mientras José lentamente abrió la tapa del cofre. Resultó que el cofre estaba repleto de monedas de oro y, por encima, se caminaba sigiloso el mismísimo cangrejo, como si quisiera anidar.

—Pero... ¿qué es esto? —dijo José asustado y asombrado.
—A pues, este era el secreto que te tenía guardado.
—Qué emoción. Es lo más fantástico que he visto, hay mucho oro. Creo que somos ricos.
—Sí, así es, pero dejemos esto por hoy y vamos a dormir, José.
—Muy bien, pero a ver si pudo conciliar el sueño...

Ambos trataron de dormir, pero les resultó complicado, dieron vueltas y vueltas en la cama murmurando al respecto. Llegada la mañana, habían acordado ir a ver qué sucedió en el cofre. Todas las monedas estaban ahí, el único que faltaba era el cangrejo, ya no apareció.

Pasaron entonces varios meses y la gente se preguntaba, que había hecho esa pareja de esposos para volverse ricos. Se hicieron dueños de varios terrenos, compraron ganado, pusieron un negocio en el mercado y hasta tenían trabajadores sembrando hortalizas y cafetales. Incluso hicieron una bonita casa y solo estrenando ropa se la pasaban. Vivieron muy felices y acomodados el resto de sus vidas, pero solo daban crédito al trabajo de tejido de doña Josefa sin ahondar en detalles.

Anhelo de riquezas

Ricardo era un leñador que vivía en la aldea Las Lomas, una locación donde había un cerro y al pie corría el Río Pixcayá. Se dedicaba a cortar árboles en el bosque cercano a la casa para leña y luego venderla para sobrevivir. Aparte de eso, para la época de invierno se dedicaba a sembrar milpa, pero el dinero que obtenía no le abundaba y vivía en extrema pobreza. Siempre se lamentaba de su suerte, pues en su mente tenía la idea y el anhelo de hacerse de dinero y muchas riquezas para no sufrir más carencias en el hogar. Se la pasaba pensando: "Si yo fuera rico, tendría muchas cosas y no sufriríamos estas penas con mi mujer y mis hijos".

Un día fue a traer la leña de un árbol que había cortado recientemente. Su plan era tenerlo cerca de casa para que fuera más fácil llevarlo al pueblo y venderlo. Tomó dos lazos, mecapal y un costal, con ellos se dirigió al lugar donde estaba el árbol. Como de costumbre, iba cabizbajo y meditabundo pensando siempre en lo mismo, deseando riquezas para no hacer más ese trabajo. Caminó unos diez minutos por un paso estrecho cubierto a los lados de malezas y más árboles cuando se quedó estático, vio enfrente de él, a un par de metros, una lagartija color verde. Le pareció que llevaba una cajita sobre su lomo y que el animal quería obsequiarle aquello. Sin embargo, él no entendía nada y como el reptil le obstruía el paso, prefirió darle una patada. La pobre lagartija voló por los aires con su cajita en la espalda y cayó a un costado del camino.

Con el paso libre, Ricardo continuó su ruta hasta la leña. Ahí colocó los dos lazos, con unos quince centímetros entre sí. Sobre las cuerdas colocaba la leña y, con una gasa en las puntas, las ordenó hasta juntar medio metro de alto. Luego la amarró presionándolas fuertemente y en medio cruza la leña con el lazo. En los extremos de las puntas colocó el mecapal y lo levantó. La parte que estaba sujeta a la tierra tomó forma plana donde colocó el costal con tres dobleces para que los leños no le lastimaran la espalda. Se sentó colocando la espalda a la carga de leñas, y lo levantó para cargarlo. Así emprendió el retorno a la casa. Dejó caer la carga de leña, desatándola y listo con los lazos, el mecapal y el costal, se dirigió a traer otra carga de leña.

Iba caminando cuando, llegando al mismo lugar en el que vio a la lagartija, notó a un ratón que estaba ahí. Nuevamente este animal tenía la misma cajita en la espalda y parecía tratar de indicarle algo, como antes lo hizo la lagartija. Ricardo no hizo caso otra vez a esto y le dio una patada al pobre ratón. El animal terminó cayendo entre la maleza, mientras él siguió su camino y realizó la misma operación anterior con la leña.

Ya iba por el tercer viaje, cuando llegando otra vez al lugar donde le habían aparecido los primeros animalitos, nota una serpiente que lo mira de forma fija y furiosa. Ricardo ahora la vio lleno de miedo y prefirió salir corriendo de vuelta mientras la serpiente le perseguía. Corrió hasta su casa espantado y su esposa le preguntó qué ocurrió. Él explicó lo de la horrible serpiente que le obstruyó el paso y se le abalanzó. Extrañada por ese incidente lo interrogó bien, hasta que su esposo le contó sobre los otros dos animales anteriores con cajitas al lomo.

—¡Qué tonto fuiste! Esa era tu suerte... le hubieras puesto el costal enfrente a la lagartija o al ratón y ellos te hubieran dejado caer la cajita. Tal vez ahorita mismo seríamos ricos.
—¿Ah? No te entiendo...
—Ellos en su cajita tenían riquezas, aquello que tú tanto has deseado, pero como tú no lo hiciste la serpiente enojada te quiso morder y ahora tu suerte cambió...
—No puede ser, yo desconfié y fui violento sin razón.
—¡Ahora nos volveremos más pobres todavía!
—Amor... pero yo no sabía de esas cosas, por eso no lo hice.

Así fue como pasaron los meses. Y tal como intuyó su esposa, Ricardo quedó aún más pobre de lo que era.

Mi banco

Después de los trabajos del campo, toda la familia de don Julio se dispuso a descansar. Posteriormente cenaron y, al terminar, el mismo don Julio inicia una conversación.

—Hijos, fíjense que, cuando venía caminando de regreso para acá, venía pensando que hoy será buena luna. Y miren así es... entonces vamos a salir de casería esta noche, ¿qué les parece? ¿Quieren venir conmigo?
—Claro que sí —contesta Marcelo.
—¿Y tú, Mario? ¿Qué decís?
—Encantado, sí...
—¿Y Eduardo?
—Pues yo también, padre.
—Excelente, entonces preparen las cosas inmediatamente y nos vamos —dieron las gracias por la comida y se levantaron todos de la mesa, entusiasmados.

Así se dirigen a la bodega donde guardan las cosas. Toman machetes, hondas y don Julio lleva su escopeta. Luego silban para llamar a los perros y corren tras ellos Sultán, Nerón y Bobi, quienes al ver los instrumentos que llevan, intuyen que van a salir y empiezan a saltar, ladrar y mover la cola de alegría. Ya preparados, don Julio los guía en aquella noche. Los hombres se despiden de la madre de la familia quien les da su bendición quedándose en casa. Toman el camino donde está el Cerro Colorado, a la par hay un gran bosque y por ahí se internan. Los perros van delante de ellos, olfateando por todos lados. La marcha es lenta y cautelosa. Van pisando hojas secas de los árboles, cuando en eso Nerón sale corriendo y le persiguen los otros dos caninos. Encontraron de seguro una presa por lo que empiezan a ladrar y a darle persecución a ese animal. Don Julio corre detrás de los perros, alerta y con sus hijos para ayudarlos hasta darles alcance.

Ven que uno de sus perros sujetaba a un animal de una pata, luego los otros dos parecen tomarlo de la cola y otra pata. Se trataba de un enorme armado. Entre los tres canes lo jalan de donde pueden. Parecía que estaban a punto de desmembrarlo.

—¡Ya quietos! —grita don Julio. —Lo van a despedazar si siguen así —dijo mientras llegaba corriendo junto a sus hijos.

Forcejearon con los perros y logran quitarles del hocico al animal. Se maravillaron viendo lo grande que es este armado. Les pareció que estaba tan grande como muerto y lo depositaron en un costal para llevárselo a la casa. Le asignaron a Mario cargarlo un rato y así después iban a turnarse de poco en poco, mientras continuaban con la cacería.

Siguen recorriendo el bosque por espacio de dos horas, logrando cazar también un par de conejos con la ayuda de sus perros y, ya siendo las doce de la noche, deciden regresar. Al nada más entrar a la casa, los abordó la esposa, preguntando por el resultado de la noche de cacería y ellos le dieron el detalle de lo que venía en los costales que dejaron afuera, colgados fuera del alcance de sus tres perros. Pensaron que sería una buena idea destazar a los animales el día siguiente por la mañana para comerlos en el almuerzo, pues era evidente que tenían buena carne.

El entusiasmo previo a dormir era notorio entre todos los miembros de la familia a pesar de ya ser casi la una de la mañana. No obstante, cuando dieron las dos de la mañana, don Julio despierta bruscamente, escuchando unos pasos alrededor de la casa, dando vueltas y vueltas; así como una voz que dice: «¡Ay mi banco!, ¡Ay mi banco!».

—¿Escucharon eso, hijos? —la afirmación en silencio, pero con el movimiento de cabeza bastó.
—¿Qué será eso? —Indagó la madre de familia.
—Pues no tengo idea. Ha de ser un espanto... lo más probable es que no es nada bueno, así que alístense. Vamos a dejar esa babosada de armado al cerro, debe ser un animal encantado. Estoy casi seguro que, si no lo hacemos, no podremos dormir... ¡Bueno pues, levántense y acompáñenme!

De muy mala gana y quejándose del frío, pero sin remedio los hijos de don Julio se prepararon tal como lo pidió su padre. Tomaron el armado y juntos lo fueron a dejar en el lugar donde los perros lo cazaron. Regresando rápidamente a la casa. Ahora sí, por fin, ya no escuchan nada de ruidos, todo está tranquilo y pueden dormir tranquilamente el resto de esa noche.

Casa encantada

Al pie de un pequeño cerro, con vista al Oriente, hay una casa deshabitada, enfrente tiene un gran bosque lleno de pinos y otras especies de coníferas. Ahí juegan las ardillas haciendo malabares de rama en rama durante el día.

Esa casa lleva años desocupada y los vecinos del área cuentan que en las noches se escuchan ruidos extraños provenientes del sitio y por eso nadie se la ha comprado o alquilado a su propietario, don Andrés.

Un día llegó Marcelo a visitar a su tío Julián. Tenían mucho tiempo de no verse y se les fue el tiempo en largas conversaciones hasta que se hizo de noche. Cenó toda la familia, incluido Marcelo, pero después de la comida Julián muy preocupado le dice a su sobrino: «Fíjate que ya es muy tarde, patojo. Y es necesario que te quedés a dormir con nosotros, pero me preocupa porque no tengo suficientes cuartos para ofrecerte uno». Marcelo quitado de la pena le dijo que estaba bien si dormía en algún otro sitio, pero a su tío se le ocurrió hablarle a un amigo y vecino, para que le prestara su casa que estaba libre y desocupada. Ahí podría pasar la noche su sobrino si accedían al favor.

Al terminar de cenar le fueron a hablar a Andrés, el amigo de don Julián. Un perro salió ladrando a recibirlos al escucharlos afuera y al fondo salió don Andrés. Los recibió contento luego de callar y calmar a su perro. Don Andrés les consultó a qué debía el honor de esa visita y don Julián dio los detalles de la visita de su sobrino. Al escuchar la petición de la casa deshabitada, no hubo titubeo ni objeción. Don Andrés entró y regresó con un juego de llaves para dicha casa. Le explicó de inmediato sobre los espacios de los que podía hacer uso con plena confianza. Marcelo y su tío agradecieron el gesto amable y desinteresado volviendo a la casa de don Julián para traer almohadas y sábanas. La esposa de don Julián preparó las cosas y se fueron a la casa que se encontraba más alejada del resto de viviendas.

Tal y como les dijo don Andrés, la casa tenía dos habitaciones, dos cuartos y la cocina; los cuartos eran de adobe, con techo de teja sostenidas por grandes tendales y reglas. Además, la casa tenía un corredor con vista hacia el bosque de pinos por donde salía el sol. En el extremo derecho estaba el cuarto que ocuparía Marcelo, era amplio y tendría unas dimensiones de cuatro por cuatro con una ventana. La puerta estaba en el centro y daba vista justo a la cama con una pequeña mesita al lado que servía para colocar el candil. Marcelo estaba encantado y sacudió la cama por el polvo acumulado, luego tendió las sábanas y colocó la almohada en la cabecera. Viendo esto, su tío dio media vuelta dándole las buenas noches y desapareciendo por la puerta principal. Mientras tanto, Marcelo mantenía encendido el candil, una botella que guardaba alcohol, pero que ahora estaba llena de gas con una mecha de tela y al centro un agujero en la tapadera, así arregló sus cosas y se disponía a dormir.

Llegadas las 10 de la noche, apagó el candil y se acostó. Durante el sueño profundo de Marcelo, el tiempo avanzó y dieron así las dos de la mañana cuando, de pronto, tocan a la puerta de su dormitorio. El muchacho agitado despierta rápidamente y pregunta por reacción «¿Quién es?», pero no hubo respuesta. Le pareció un mal sueño y volvió a acomodarse, hasta que pasados algunos minutos nuevamente tocan. Marcelo esta vez estaba seguro de haberlo oído bien y gritó molesto «¿Quién es? ¿Qué quiere?», sin obtener respuesta. Ahora se levantó sigilosamente y, con un poco de miedo, abrió lentamente la puerta, pero solo alcanzó a ver a una sombra que se alejaba apresuradamente y se internaba en la cocina. Sus pensamientos no eran claros porque seguía somnoliento y se insistía a sí mismo en que no era nadie porque nadie habitaba el lugar. En eso un pensamiento se hizo presente: "¿No será que... son espantos los que hay en esta casa?".

Ya no pudo conciliar el sueño, se apoderó de él un pánico terrible y un escalofrió le recorría por la espalda. Se fue a acostar de nuevo, pero estando en la cama escuchó ruidos desde la cocina. Le parecía que eran platos y cubiertos, como si los limpiaran y guardaran. Optó por rezar esta vez y poco después ya no escuchó nada. Sin poder cerrar los ojos fue testigo de cómo inició a amanecer. Todavía muy asustado recogió la cama, sus cosas y se dirigió a la casa de su tío sin voltear a ver a aquella vivienda otra vez.

—Hola, tío. Buenos días... —aquel saludo levantó a su tío desde el umbral de la puerta.
—¿Por qué tan temprano, sobrino? —Le dice don Julián.

—Sí, lo que pasa es que no pude dormir…

—¿Eso por qué?

—Es que pasaron cosas muy extrañas en esa casa, me tocaron la puerta un par de veces y luego estuve escuchando ruidos en la cocina.

—Bueno… entonces sí es cierto lo que cuentan de ese lugar.

—¿O sea que usted ya sabía?

—Sí, pero yo pensé que eran mentiras, patojo.

—Me lo hubiera contado entonces, tío. Yo jamás me hubiera quedado a dormir ahí. En fin, yo aquí le entrego las llaves y la ropa de cama.

—Me marcho a mi casa.

—Muy bien, sobrino. Y disculpá que hayas pasado una mala noche.

—Ya está bien, tío Julián. Total, ya pasó, no se preocupe, mejor ni toquemos el tema. Gracias por haber compartido la cena antes.

—Bueno pues. Ahí me saludas a todos por allá.

—Está bien, le dejo saludos a su esposa e hijos. Les cuenta que ya me marché.

—Muy bien, sobrino. Que te vaya bien.

El caballo dorado

Había un rey que tenía un hermoso caballo, se trataba de un equino de color dorado y siempre lo montaba cuando daba sus paseos por el campo. Los dos se conocían a la perfección, jinete y caballo, y se tenían mutuo cariño.

Cuando el rey se acercaba para salir con él, aquel caballo relinchaba, agitaba las patas traseras y la cola, como en señal de alegría. Su amo llegaba y le tomaba del cuello, lo abrazaba, le acariciaba la cabeza y también su lomo. Una amistad duradera y real.

Un día, el rey organizó una gran fiesta donde llegaron muchos invitados. El rey también invitó a su prometida y futura esposa. Un alegre festejo donde hubo de todo: bailes, comidas, música, bebidas y postres. Todos la pasaron muy bien. Tras varias horas del evento, llegada la tarde, se retiró la mitad de sus invitados, entonces el rey invitó a su pareja a dar un paseo en sus campos, esto para enseñarle sus siembras y demás plantaciones.

Decididamente, la llevaría en su corcel por lo que mandó a llamar a Juan, un súbdito fiel, y a quien encomendó ensillar a su caballo. Sin embargo, al entrar al establo, Juan nota la ausencia del majestuoso animal. Era imposible, quizá alguien lo había robado y aun temiendo la reacción de su rey se decidió notificarlo, aunque tembloroso.

—¿Qué ocurre, Juan? ¿Por qué te veo tan asustado? Habla con libertad.
—Ay, señor... algo terrible ha sucedido.
—A ver, ¿qué paso? Dime rápido...
—Sí, fíjese que fui al establo y su caballo no está... desapareció...
—¿Cómo así? No entiendo...
—Es que... el caballo no está, su majestad. Desapareció o quizás alguien se lo robó.
—No puede ser y acaso... ¿ustedes que no se dieron cuenta? ¡Son unos buenos para nada, debieron estar atentos para que no pasara esto! ¡Búsquenlo pronto, porque si se lo robaron no estará muy lejos!

Todos los súbditos salieron en búsqueda del caballo y algunos invitados también se sumaron al enterarse de lo ocurrido. Varios se alejan buscando por todos lados y tras varias horas regresan sin rastro del caballo.

—¿No lo encontraron?
—No, mi señor... lo sentimos, pero no estaba acá cerca.
—Bueno, avisen a todos los súbditos presentes de inmediato, le voy a dar una recompensa al que lo encuentre y me lo traiga.

La noticia se esparció rápidamente por el reino. Salieron nuevamente otros grupos de búsqueda que incluso se alejaban más del reino para internarse en los poblados circundantes al palacio. No obstante, nadie daba con el paradero y, al no hallarlo, algunos se llevaron caballos de la gente de poblados cercanos, volviendo de inmediato con el rey. La confusión era enorme, le presentaron muchos caballos dorados y el rey renegaba de ellos, él conocía al suyo y aquellos no eran el que se le perdió.

Mientras tanto, en una humilde casita lejos del palacio, vivía una anciana con su nieto. El nieto se dedicaba a los trabajos del campo y la abuela a los quehaceres de la casa. En eso apareció un hombre y les informa de la venta de un caballo hermoso. Les explicó que tenía muchos otros como ese ejemplar y por eso buscaba vender ese. El nieto de la anciana rápidamente rechazó dicha transacción, pero el sujeto insistía en que se lo comprara por lo útil que podría serle para ir al campo o acarrear leña. Al final, lo convenció y el joven entró a traer unas monedas a la casa. Luego de unos minutos, el joven recibe el caballo y lo lleva a un lugar cerca de la casa para amarrarlo en un árbol. Lo alimentó y le dio agua, pues estaba maravillado por la buena compra que hizo por ese hermoso caballo.

Luego, entrada la noche, el joven pensó en sacarle el máximo provecho a su compra. "Mañana me lo voy a llevar al campo, me iré montado y ya no caminaré, durante el día voy a hacer leña y esperaré algunos días para que se seque para que este caballo traiga grandes cargas de leña. Ganaré mucho vendiendo en los poblados cercanos", se decía convencido antes de dormir. Transcurrida una semana, hizo lo planificado con la leña, llevando al campo su caballo.

Toda la venta iba bien, hasta que un día oyó rumores de personas que lo miraban y sospechaban que su animal era parecido al que había perdido el rey. Escuchó de algunos que lo robaron, pero el joven no hizo caso, siguiendo así con su faena.

Llegó el día en el que el joven se topó con una señora que lo indagó sobre dónde había comprado a ese caballo tan hermoso. Explicó que ya hace un par de semanas lo adquirió de un hombre. La advertencia no se hizo esperar, la señora le contó sobre el robo que tuvo el rey, explicándole que, por las características, podría tratarse del mismo animal que buscaban. El joven quedó meditabundo e incrédulo a la vez, pero se decidió a conversarlo en casa con su abuela. La anciana sabiamente lo instigó a investigar el verdadero paradero del caballo, recomendándole hacer lo correcto para evitar problemas, sobre todo tratándose de una posesión importante para este rey. Convencido entonces decidió partir al palacio al día siguiente.

Aquel joven llegó al palacio el día convenido. Le pidió una audiencia al rey con el portero diciendo que era un asunto muy importante, relativo a su caballo. El portero notificó al rey que se trataba de otro tipo deseando dar detalles del caballo perdido. Cansado de lo mismo, el rey ya no quería saber más, todos los que habían llegado le dijeron aquello, pero el portero lo convenció de recibir a este joven, pues sí tenía mayor similitud con el extraviado. Por lo que el mismo rey va a la puerta del palacio a verificarlo y su sorpresa es inmediata. Se notaba incluso la alegría del equino al reencontrarse con su jinete.

El joven le explicó con detalles todo al rey, desde cómo llegó aquel bello equino a sus manos, hasta el buen trato que le dio al animal por serle útil en sus labores.

Fue así como, por su honradez, le recompensaron adecuadamente tal y como su abuela le dijo. Por lo que volvió contento de haber obrado bien a su casa, viendo como aquel rey había recuperado la alegría de tener de vuelta a su amigo.

Facundo

Era una tarde fría, de aquellas que recuerdan al mes de noviembre. Facundo se paseaba por las calles de San Martín Jilotepeque recordando la ruptura de su amada de apenas hace ocho días. Iba cabizbajo, caminando muy despacio, ensimismado, sin ver a las personas que se cruzaban a su lado. Solo con sus pensamientos. Llegó a la plaza y se dirigió directo a la fuente que está en el centro, ya sentado en una orilla, un suspiro salió de su pecho y una lágrima se deslizó por su mejilla. En sus adentros, pensaba: "¿Por qué me dejaste? ¿En qué te fallé? Quisiera encontrarte hoy para hablarte y aclararte algunas cosas, pero eso ya no es posible, ¿verdad? Fuiste muy clara al decirme que... aquí terminó todo". De pronto, se le acercó un amigo.

—¿Cómo estás, Facundo? Gusto de verte —de inmediato reacciona Facundo y saliendo de su letargo, volteó a ver.
—Ahí triste.
—¿Triste? Y... ¿por qué?
—Porque hace una semana nos dejamos con mi novia.
—¡Con tu novia! Y no tan bien que se llevaban pues.
—Sí, pero terminamos ya.
—A ver, contame porqué...
—Porque ella cree que la engañaba —balbuceó Facundo.
—¿Y eso es cierto?
—¡No, nada que ver! Fueron chismes, calumnias que la gente se inventó, fue mucha envidia.
—Pues deberías aclarar las cosas...

—¡No, es imposible! Ella me habló muy claro.

—Inténtalo, ya verás.

—Es que ya no...

—Bueno, Facundo... ¿sabés qué? Dejá esos pensamientos por un momento y vamos a caminar. Luego iremos a comer unas tostadas y atol para olvidar esa pena.

—Gracias amigo, vamos pues...

La pareja de amigos llegó con una señora a quien siempre le compraban cuando la encontraban en el centro del casco urbano, ahí pidieron tres tostadas con guacamol cada uno y su respectivo vaso de atol de elote. Conversando otras cosas estuvieron degustando lo pedido, hasta que les dieron las 7 de la noche. Facundo se despidió agradeciendo la grata compañía de su amigo, prometiéndole que iba a pensar sobre lo que platicaron, «voy a intentarlo una última vez»; su amigo aprobó con la cabeza y se dieron las buenas noches. Ambos se fueron por caminos distintos, yendo cada quien para su casa.

Facundo tenía pensado ir a casa, pero al caminar solo, otra vez la tristeza se apoderó de él. Llevaba caminando casi una hora ya, estaba a unos quince minutos de la casa cuando se percató de estar pasando por un lugar conocido como "El panteón". Le dieron las nueve de la noche pasando por el lugar cuando, de pronto, desde la oscuridad, ve venir a su exnovia. "¡Ella a estas horas! ¿Y qué hace en mi camino?", se preguntó para sí sin salir de su asombro. "Bueno, si es ella no voy a desaprovechar la oportunidad para hablarle...", pensó caminando lenta y tímidamente.

—Hola, ¿cómo estás? ¿Qué estás haciendo por aquí en mis caminos y a estas altas horas de la noche?
—Te vine a buscar, estoy arrepentida...
—¿De verdad? Qué alivio porque lo que dicen de mí es mentira.
—Sí, es mentira... vení, vamos a platicar allá a orillas del río para ver cómo corren sus aguas a la luz de la luna, ya que no tardará en salir.
—Vamos pues —dijo Facundo quien no cabía de felicidad caminando con su amada en dirección al río. Pasaron entonces del sendero a un área más baja donde había un puente.

Pasada la noche, empezó el amanecer y Facundo no llegó a su casa a dormir. Era día lunes, su madre, preocupada porque Facundo no regresó desde la tarde anterior, se marchó de casa y salió a buscarlo. Se acordó del amigo que siempre frecuentaba su hijo y se dirigió a esa casa para preguntarle si lo había visto.

—Buenos días, ¿en qué le podemos servir, señora? —quien le recibió desde la puerta fue una mujer adulta.
—Buenos días, necesito hablar con su hijo, disculpe.
—Muy bien, ahorita le aviso —dio media vuelta y se adentró balbuceando— ¿qué habrá hecho este muchacho ahora?...
—Hola, buenas días, ¿cómo está, señora? —El amigo de Facundo llegó escoltado de su madre quien miraba la escena ahora desde un lado de la puerta.

—Ahí preocupada, porque... porque Facundo no llegó a dormir a la casa y hasta el momento no sé nada de él, mire la hora que es.

—Qué raro, ayer domingo estuvimos platicando y comiendo tostadas. También me contó lo de su novia y que se habían dejado hace unos días, pero luego se marchó y eso es lo que yo se dé él... talvez Facundo fue a ver a su exnovia y se quedó en casa de ella.

—No, porque eso es algo que nunca haría él... algo malo le pudo haber pasado —en eso se asoma la otra señora a la puerta y toma parte en la conversación.

—Mire, debería ir a buscarlo de todas formas ahí, estos muchachos con sus enamoramientos son capaces de todo.

—Sí, tienen razón. Muchas gracias, voy a pasar a la casa de su exnovia a ver si sabe algo de él.

—Si haga eso —dijo el amigo desde la puerta viendo cómo se alejaba apenada la madre de Facundo.

—Y que le vaya muy bien —le dijo la otra señora sin poder darle consuelo suficiente a aquella madre preocupada.

La madre de Facundo tomó camino en dirección a la casa de la exnovia. Al tocar esa muchacha es quien salió a atenderle. La madre le cuenta lo sucedido y ella responde que no lo ha visto desde hace unos ocho días y no sabe nada de él. «Mire, señora, no se preocupe que pronto aparecerá. Espero que no le haya pasado nada malo a Facundo, ni pensarlo es bueno», fueron las palabras que recibió la madre antes de marcharse de ahí.

Muy preocupada y sin saber qué hacer, la madre volvió a la casa para contar a sus hermanos la situación. Siendo ya las diez de la mañana, la señora entra y su sorpresa es grande al encontrarse ahí con Facundo. Él sale a su encuentro y su madre instantáneamente le pregunta qué pasó y dónde estuvo metido.

—Es que, madre... me pasó algo raro y difícil de creer... creo que se me apareció la Siguanaba... estaba convertida en mi exnovia. Creo que me engañó.

—No me salgas con mentiras, dime la verdad Facundo...

—Te digo la verdad, mamá. Recuerdo que me llevó al río, luego se internó en la corriente de agua y me dijo que la siguiera... yo la hice caso, pero como estaba bien oscuro me caí mientras me metía y ya no supe más... me parece que perdí el conocimiento hasta hoy, ya estaba claro, tal vez eran como a las ocho de la mañana cuando recobré el conocimiento a la orilla de una poza.

—¡Ay, mijo!

—Gracias a Dios que no me maté y como pude logré salir de esta, yo sentí que donde me hizo seguirla no tenía agua, sino arena. Pero ya ve, vine a la casa.

—Qué alegría, yo estaba bien preocupada. Fui a buscarte a casa de tu amigo y tu exnovia.

—Descuida, mamá.

—No vuelvas a darme esos sustos regresando tan noche, Facundo...

Andrea

En una casa situada cerca de la carretera principal y de la escuela de la aldea, vivía la familia de Andrea. El papá siempre se mantenía lejos del hogar por varios días, trabajando para el sostenimiento del hogar y llegaba casi solo una vez al mes, a la casa para a ver a su esposa y a sus hijos. La esposa permanecía ocupada haciendo los oficios del hogar. Los hermanos mayores, estudiaban en las mañanas en esa escuela cercana a la casa y durante las tardes se dedicaban a realizar las tareas que les dejaban en la escuela.

Andrea, en cambio, era las más pequeña de ese hogar, no tenía con quien jugar porque todos se mantenían ocupados. Ella era una niña de cinco años y tenía el cabello bien largo. Jugaba solita, pero a veces tomaba camino a la casa de su abuela que vivía cerca de ellos. Era normal que llegara a visitarla de manera inesperada.

Una tarde como cualquier otra, Andrea se alejó de la casa más de lo acostumbrado. Se fue detrás de la casa de su abuela, caminando hasta llegar donde hay un pequeño riachuelo, a la par un gran paredón. De pronto vio que en ese paredón había una pequeña cueva de un metro cuadrado. Ahí estaba un hombrecito vestido como mariachi, lo vio con su pantalón negro con rayas blancas a los lados de las piernas, un gran sombrero de alas anchas y unas botitas de cuero como las que usan los vaqueros, con punta larga. En la mano izquierda llevaba una guitarra y con la mano derecha le hacía señas para que se acercara más a él, llamándola e invitándola. Cuando Andrea vio esto, corrió a contarle a su mamá y hermanos. Todos salieron de la casa corriendo, al llegar al lugar que Andrea les indicó se quedó señalando hacia el espacio en la pared.

—Miren, ahí está.
—¿Dónde? —preguntó su mamá, prestando atención.
—Ahí, en esa cueva.
—Pues yo no miro nada, ahí está y me sigue llamando...

La mamá de Andrea dijo sentir un escalofrío que le recorrió por toda la espalda en ese momento. «Yo no veo nada, pero esto no es nada bueno, esta debe ser cosa del mal», alcanzó a decir la madre. «Sí, mamá. Debe ser el Sombrerón. Como mi hermanita tiene el cabello largo se la quiere ganar», dijo Estela, una de las hermanas mayores.

—Hoy mismo le vamos a cortar el cabello a Andrea. Se lo vamos a dejar corto y así ese duende o Sombrerón ya no la molestará.
—Pero... mamá... ¿ustedes no lo miran? Qué bonito se ve ese hombrecito.
—Ya cállese, Andrea. ¡Vamos todos para la casa! —Dijo aquella madre.

Se persignaron asustados y se alejaron del lugar. Al entrar a la casa inmediatamente le cortaron el cabello a Andrea para evitar que fuera presa de ese peligro. Además, no la volvieron a dejar que se acercara a ese lugar sin aviso previo.

El búho

Todos los días Alberto camina de su casa al terreno de su propiedad. El camino es solo descenso hasta llegar a una gran planicie rodeado por barrancos en ambos lados, tiene la forma de una isla, pero enfrente continua el camino de la misma forma, descensos. Posteriormente, una parte del mismo sendero tiene la forma de un puente de solo tres metros de ancho creado por la misma naturaleza, pero más adelante se vuelve ancho, llegando a un pequeño mirador, desde el cual se observa, al fondo, unos trescientos metros del hermoso Río Pixcayá. A los lados, se ven varios terrenos planos donde hay árboles de mango, siembras de milpas, zacatón para ganado y, un poquito más adelante, siguiendo el curso del río, rivera abajo, está el terreno de su propiedad. Justo al otro lado, queda la aldea de San Jacinto. La extensión de su terreno es una manzana rectangular, iniciando al fondo final del barranco, el límite del frente es el gran río. Al lado sur tiene un nacimiento de agua que desembocaba a la rivera del río que ellos utilizan para regar su siembra de hortalizas, tomates, rábanos, arveja china y güicoyes. Más adelante, siguiendo el curso del río, a un kilómetro, está ubicado el lugar conocido como Agua Caliente, esto por sus aguas termales que nacen de un gran cerro.

Esta vez Alberto, como en muchas ocasiones, es acompañado por sus hijos Pedro y Julián. Ellos descienden desde el mirador, por un pequeño camino en forma de serpiente que busca rodear la pendiente para que no resulte muy inclinado llegar al fondo, lugar donde están los terrenos de siembra y luego el suyo.

Llegan a las siete de la mañana, trabajan el terreno, almuerzan al medio día, vuelven al trabajo y descansan a las cuatro de la tarde. Después de la jornada laboral, Alberto se interna en el bosque que está enfrente de su siembra, lugar de donde recoge ramas de árboles secas, los corta en pedazos de medio metro de largo con su machete y los acomoda en dos lazos de pita de maguey con una soga en la punta de cada una de ellas. De esta forma, luego los sujeta fuertemente, cruzándolo después por ambos lados, en las puntas le acomodaba un mecapal, lo coloca en la cabeza y la carga le cae en la espalda. Así traslada la leña para la casa, mientras los hijos traen una caja de tomates cada uno, y los trastos utilizados para llevar su almuerzo.

Salen pasadas las cinco de la tarde del terreno con su cargamento. Desde abajo miran la cima de los cerros, el color naranja de las nubes iluminadas por los rayos del sol que se está ocultando. Ascienden todo el camino que recorrieron en la mañana hasta llegar al mirador. Continúan el trayecto donde el camino tiene forma de puente, pero ahí el viento sopla muy fuerte, les golpea en el cuerpo y en el rostro. Aquel aire emerge de abajo de los dos barrancos mientras van caminando. Pedro adelante, Julián en el centro y Alberto de último, cuando del barranco izquierdo, a lo lejos se escucha el canto del búho.

—¿Oyeron hijos?
—Sí —dice Pedro.

—Ticurú, ticurú, ticurú —dice Julián a modo de onomatopeya—, se oye por allá en el barranco, por esos pinos grandes.

—¡Qué bonito se escucha el canto! —Replica Pedro.

—Sí, es bonito —dice Alberto—, pero no presagia nada bueno...

—¿Por qué, papá? —Indaga Julián.

—Ah, porque cuando canta el búho, avisa algo que va a suceder, es de mal agüero. Y algo muy curioso de esos animales es que si uno les quiere pegar con una piedra se hacen a un lado y se persignan.

—¿De verdad, papá? —Dice curioso Pedro.

—Sí, así lo hacen. Les voy a contar una historia que le sucedió a la familia de mi padre, o sea el abuelo de ustedes... ya hace mucho tiempo

—Cuéntanos —precisa Julián.

—Pues, fíjense que mi papá vivía a una cuadra de donde vivimos nosotros ahora. Un día mi mamá se enfermó gravemente y tuvo que estar en cama. Se apoderó de ella una gran fiebre, por lo que mi papá y mis hermanos estaban alrededor de ella esa noche. Como a las ocho, cerca de un aguacatal, llegó el tecolote y se puso a cantar por lo que salí con mi papá a verlo.

—Ticurú, ticurú —irrumpe Julián aquella narración.

—Sí, Julián, así mismo. Pues, mi papá me dijo: «¡Ay, Dios! Ya vino a cantar ese animal y eso es de mal agüero, ojalá que tu mamá no se vaya a morir». Entonces entramos al cuarto y mi madre estaba ya con una fiebre de 40 grados. Pasamos la noche tristes, porque teníamos miedo de que esa fuera la partida de mi madre y así fue... como a las siete de la mañana, mi mamá falleció.

—¿O sea que no trae nada bueno el canto de un tecolote? —Le dijo Pedro sorprendido a su padre.

—No, para nada. Así que sigan caminando, ya llegaremos a la casa a descansar.

—Ticurú, ticurú —repitió Julián mientras se alejaban del camino—, ticurú, ticurú.

Una risa en el árbol

Víctor, después de trabajar todo el día en el campo, llegó a su casa, donde se dirigió directo a la bodega y fue a traer cinco botellas de licor clandestino. Lo habían fabricado con un amigo hace unos quince días atrás. Era lo último que tenía de dos pedidos pendientes por entregar a un par de clientes. Estos clientes vivían en el pueblo, al primero le debía dos botellas y, al segundo, tres. Las colocó en un morral de lana, y esperó a que oscureciera para que, si alguien se cruzara en su camino, no se diera cuenta del contenido que llevaba dentro del morral.

Anocheció y así Víctor emprendió el camino. Su casa estaba situada en un pequeño cerro, descendió por un pequeño sendero, luego cruzó una planicie para llegar a la carretera principal y en el extremo derecho de la carretera vio la cruz de madera que estaba protegida por una pequeña casita construida por los vecinos. Continuó su camino por un extravío para llegar más rápido. Al iniciar el atajo pasó por un puente de madera que cruzaba la rivera de un río. Después del puente, el camino es casi un kilómetro solo en ascenso hasta llegar a los tramos planos que dan inicio a otros ascensos más cortos. Finalmente, el hombre llegó al pueblo y tocó en la casa de su primer cliente. Sale don Juan a recibirlo y darle las buenas noches, intercambian el saludo y Víctor de inmediato le muestra en el interior de su morral el pedido que tenía pendiente. «Ah, qué bueno, ya me hacía falta, me estaba quedando sin existencias, Víctor», le dice don Juan.

—Disculpe que no había venido antes, no había tenido tiempo, don Juan. Hasta hoy pude venir.
—No se preocupe, que llega a tiempo. Pase adelante, yo le invito a tomar una taza de café y unos panes...
—Muchas gracias —dice Víctor quien se adentra a la casa. Se sientan a tomar el café y a platicar, pero el mismo Víctor no se da cuenta que el tiempo avanza.

Repentinamente, Víctor reacciona y se percata de que debe marcharse por lo tarde que era. Explicó que aún debía visitar a don Max para completar los pedidos, así que se levanta y se dirige a la puerta agradeciendo a don Juan la hospitalidad junto a un apretón de manos.

Caminó tan rápido como pudo para visitar a su otro cliente. Recorrió más de medio kilómetro con dirección al Cementerio General y lo consiguió en unos diez minutos. Al llegar toca la puerta, en unos instantes sale don Max a recibirlo. El ritual es similar, pero Víctor se disculpa con don Max por lo tarde de la visita justificándolo respecto a su conversación en casa de don Juan. Esta vez don Max lo hace pasar y viendo la prisa con la que iba su interlocutor fue a traer el dinero para pagarle la entrega. Tras una breve interacción, y siendo casi las diez de la noche, Víctor notifica su despedida y agradece a don Max por su compra. Así emprende su regreso.

Víctor en su regreso decide caminar por la carretera principal, pasaría una aldea, luego por la gasolinera, la iglesia católica -conocida como oratorio-, iría frente a la izquierda del templo y, adelante, llegaría al sendero con dirección a su casa. Así hizo su caminata nocturna con normalidad, hasta que, llegando al puente, absorbido en sus pensamientos no prestó atención sino hasta que le dio una vuelta completa a su recorrido.

Llegó a la cruz, donde inicio su viaje; pero eran ya las once de la noche y las sombras lo envolvían, porque la luna se escondió tras el cielo nublado. Traía en la mano derecha una linterna y lentamente avanzó por la gran planicie hasta que, de pronto, sintió que una sombra se le acercaba por detrás. Víctor se hizo a un lado advirtiendo que estaba casi sobre él y vio como aquello le pasó rozando el cuerpo. De inmediato logra ver cómo se adelantaba lo que fuera que lo hubiera tocado y observó que se subía a un árbol que estaba enfrente, tal vez a unos diez metros. Valientemente llegó al pie del árbol y su curiosidad le obligó a investigar porqué aquello se trepó al árbol.

"¡Qué raro!", pensaba Víctor, "acaso será que es una persona o es un espíritu malo... voy a alumbrarlo con mi linterna". Levantó su mano derecha para iluminar la copa y observó una cara diabólica. En ese momento se le apagó la linterna. Asustado trató de encenderla, pero no tuvo oportunidad, parecía como si se hubiese quemado. Entonces oyó una risa burlona proveniente de arriba, se le crisparon los cabellos de la cabeza y un escalofrío le inundó todo el cuerpo. Víctor trató de alejarse huyendo de ahí, pero no pudo, sintió que sus pies estaban tan pesados que no los podía mover. Hizo un esfuerzo sobrehumano para que el miedo no le nublara el juicio y, poco a poco, alcanzó a moverse. Aunque sus pasos eran lentos, de esa forma llegó al interior de su casa. Su mamá salió a encontrarlo tras escuchar el somatón de la puerta cerrándose tras él.

—Hijo... ¿por qué te tardaste tanto? Yo estaba muy preocupada por la hora que es —Víctor quiso responderle, pero no pudo—. ¿Hijo? ¿Qué te pasa?

Fue del todo inútil, Víctor de verdad intentó abrir la boca y no le salieron las palabras. Ante la mirada asustada de su madre, el muchacho logró hacerle señas de su situación y la señora se fue a la cocina para traerle un vaso de agua. Aún con esto, no había voz que saliera de su boca, así que se fue al cuarto donde trató de dormir, pero fue en vano. Víctor no pudo conciliar el sueño en toda la noche. Tenía grabada en su mente la cara y las risas. Su mamá, desde el otro cuarto, estaba sumamente preocupada por lo sucedido y tampoco pudo dormir. Llegadas las cinco de la mañana, lograron dormir un par de horas. Luego de eso, con los nervios más tranquilos, Víctor se logra comunicar con su madre al fin. Durante el desayuno la puso al tanto de lo que vio y escuchó.

—¡Hijo, viste! Todo por andar vendiendo licor clandestino. Esto que te pasó es un aviso de que ese no es un buen negocio.
—¿De verdad lo crees así, mamá?
—Sí, porque muchos jóvenes se pierden al tomar licor. Es un vicio terrible y ese negocio es del diablo.

Con lo sucedido, Víctor dejó completamente la fabricación y venta de ese licor y se dedicó solamente a la agricultura.

Exordio

Veintitrés cuentos cortos, de entre dos y tres páginas cada uno; un centenar de páginas, la obra completa. Se lee de una sola sentada. Es un libro movido, ágil, en el que predomina el lenguaje sencillo, coloquial, digerible fácilmente. Contiene historias contadas en forma cronológica que Fabián, su autor, recogió de la tradición oral de su pueblo San Martín Jilotepeque, Chimaltenango. La mayoría de las piezas reunidas en este libro tratan de aparecidos, de espantos como la Siguanaba y el Sombrerón. Narraciones que encantan a los niños y a la gente en general de todas las edades. Son relatos destacados, a mi parecer, "Encerrado bajo tierra", "Encuentro con la Siguanaba", "San Martín", "El rey feo", entre otros.

Interesante publicación, debería de convertirse en patrimonio de San Martín Jilotepeque, porque enriquece la cultura del municipio. Recomendable la lectura para los coterráneos de Armira y para los escolares del departamento de Chimaltenango.

En las páginas de *Cuentos e historias de San Martín Jilotepeque,* Fabián Armira narra y describe la rutina y hábitos de los hombres del municipio: la forma en que trabajan a diario en el campo; madrugan; al medio día suspenden labores, juntan fuego, calientan la comida y almuerzan. Después, se echan su siesta antes de la jornada vespertina. También describe las creencias de la gente de este pueblo.

Me agradó descubrir algunos trozos de prosa poética en este texto, tal es el caso del primer párrafo del cuento "Facundo", del cual copio un fragmento: «*Era una tarde fría, de aquellas que recuerdan al mes de noviembre. Facundo se paseaba por las calles de San Martín Jilotepeque recordando la ruptura de su amada de apenas hace ocho días. Iba cabizbajo, caminando muy despacio, ensimismado, sin ver a las personas que se cruzaban a su lado. Solo con sus pensamientos. Llegó a la plaza y se dirigió directo a la fuente que está en el centro, ya sentado en una orilla, un suspiro salió de su pecho y una lágrima se deslizó por su mejilla…*»

Este libro de cuentos es un paseo atractivo por el paisaje rural de San Martín Jilotepeque y por la vida de sus habitantes; aunque de él uno sale espantado.

Rómulo Mar

Fabián Armira

Nació en la aldea Xesuj, perteneciente al municipio de San Martín Jilotepeque, Chimaltenango, el 20 de enero de 1967.

Es graduado de perito contador de la Escuela de Comercio "Leónidas Mencos Ávila" del departamento de Chimaltenango.

Ha desempeñado el puesto de contador en varias instituciones privadas. Además, estudió Administración de Empresas en la Universidad de San Carlos de Guatemala.

El libro *Cuentos e historias de San Martín Jilotepeque* es su primera obra publicada.

Índice

www.ingramcontent.com/pod-product-compliance
Lightning Source LLC
LaVergne TN
LVHW041118150826
845673LV00007B/2111

9789929761117